人间食堂

王可越 ○ 著
王焕堤 ○ 评

中国科学技术出版社
·北 京·

图书在版编目（CIP）数据

人间食堂 / 王可越著 . -- 北京：中国科学技术出版社，2025. 9. -- ISBN 978-7-5236-1358-0

Ⅰ . I267.1

中国国家版本馆 CIP 数据核字第 2025XK3597 号

策划编辑	赵　嵘	责任编辑	高雪静
封面设计	东合社	版式设计	愚人码字
责任校对	邓雪梅	责任印制	李晓霖

出　　版	中国科学技术出版社
发　　行	中国科学技术出版社有限公司
地　　址	北京市海淀区中关村南大街 16 号
邮　　编	100081
发行电话	010-62173865
传　　真	010-62173081
网　　址	http://www.cspbooks.com.cn

开　　本	880mm × 1230mm　1/32
字　　数	140 千字
印　　张	10.75
版　　次	2025 年 9 月第 1 版
印　　次	2025 年 9 月第 1 次印刷
印　　刷	大厂回族自治县彩虹印刷有限公司
书　　号	ISBN 978-7-5236-1358-0 / I · 105
定　　价	69.00 元

“咸有咸的味道，淡也有淡的味道。”

所谓“日常的奇迹”，在于咂摸、品味。

我总需要参与热闹的生活，尽量去品尝和感受。

要不然，月亮、花和酒，这些美好的事如果没有了我，又有什么意义？

炒一盘菜，做一碗面，与建立一段亲密关系，都是通过创造性过程，建立起有质感、有温度的连接。但同时，厨房与爱，也都是通过美味、美感，将我们捆绑在此地。

2023.9.10

在人们的灵魂深处，至少有一个分岔路口、一个说不清的起点。

甜人与咸人，在他们的心口，早早就标记了不一样的形状。

2020.4.21

闲逛意味着：我不需要吃这些食品，我也不必非读完任何一本书。

我所爱的，只是包围着我的味觉、视觉。

这些，就是让我沉浸其中的，甜美的实在感。

2024.10.7

吃红肉，喝红酒，再擦擦嘴。在雪白色的餐巾上，留下血淋淋的印记。

看吧，这是文明人所剩不多的野蛮幻觉。

堤 2025·3·5

你摇一摇热辣的小铃铛，唤醒驽钝的感性，划开平静的皮层。
你提醒着自己：小心哦，不要被按部就班的生活淹没了。
热辣的小铃铛，不总管用。
如果你经常摇它，也就听不见什么了。

2019-10-18

自序 人间食堂里的再发现

每天去学校食堂吃饭，大家常常嘀咕：这食堂啊，饭菜难吃，菜又给得那么少。

味道一般，分量还少——如果人间是个食堂，情况也大致如此。

好饭太少，乏味太多。要么总饿，要么没食欲。吃不到的时候馋，吃多了担心发胖。时光匆匆流逝，刚吃完，转眼肚子又叫。经常计划着换换口味，但到最后，格外惦记的，却是童年的一口老味道……

在食堂一般的人间，琐碎的日常、不值一提的吃喝，占据了大多数人一生中的主要时间。

大家因此抱怨生活乏味，“活着没劲”。可是，我想说：无论面对日常饭菜，还是日常经验，只要我们花些心思，探索一下，总会有所发现。

首先，发现吃喝本身的乐趣。

“咸有咸的味道，淡也有淡的味道。”萝卜白菜，各有滋味。不在于吃喝是否奇特、高级，关键在于我们是否仔细咀嚼过，以及究竟尝到了什么。所谓“日常的奇迹”，在于咂摸、品味。比如，分辨野果子不一样的甜，了解柠檬的酸、咖啡的回甘。

其次，通过观察食物，享受反思与想象的乐趣。

如果你盯着一盘糖拌西红柿或一瓶无糖可乐，它们就不再普通。食物、饮料会开口说话。洋葱、核桃，作为意象，可以入诗；小蛋糕、冰激凌，能唤起独特的幻梦与回忆。

无论减肥食品、浓缩果汁，还是菜刀、高压锅……作为隐喻符号，它们关联了社会人生。米饭粒、饼干渣、瘪瓜子、鸡骨架，都是想象的入口，也可以教给我们一些生活之道。

对饮食经验的关注，让我了解：我来自这个世界，并与这个世界紧密相连。

吞咽、消化、生长……日积月累，世界养育了一个具体的人。饮食造就了我的口味，日常经验塑造了我的主体，正所谓“人就是他所吃的东西”。

反过来说，从个人经验出发，通过反思吃喝偏好，我有机会明确自己的独特之处：我从何而来，我为何如此。

我想，如果将“人间食堂”当成创意写作的基本方法，那么每个人都有自由书写的可能。

日常生活虽然逼仄，但写作却可以为看似乏味的个体经验加入充足的想象和思想，就像为食堂里平淡的饭菜添加蚝油、辣椒、花生酱，成就专属于我们的独特味道。

在这个时代，我们要面对的挑战是：抽象的焦虑与宏大的叙事。

而《人间食堂》的150多个小变奏，强调了具体的经验与私人的叙事。

我提倡的“小写作”，是从看得见、摸得着、尝得到的感官开始，用发现之眼，重新审视身边的酸甜苦辣咸；通过写作，增加私人生活的体验丰富度。我相信：当个人体验不再浮皮潦草，我们对生活的热爱，也会比较扎实、具体。

又及：

我父亲今年80岁，他是这些文章的第一读者，我请他点评文章，并将他的文字附在每篇文后。

他还是一位知名的水彩画家，我们精选了6张与饮食有关的水彩作品作为插图，在酸甜苦辣咸之外，为“人间食堂”的滋味增加新的层次。

目录

酸

甜

目录

苦

人间食堂

辣

目录

咸

酸

酸，是青涩，是新鲜，
是诱惑，是跃跃欲试，
是微微发酵，是逐渐膨胀。

柠檬

酸，总之是年轻的口味吧！

很多果实，长大成熟的过程，都会先酸后甜。

甜味，意味着酸味的终结。

酸味，代表了事物的未完成阶段。

它是早期的、青春的，也是有希望的。

然而，柠檬一直酸着。

柠檬不会变甜。换句话说，柠檬持久地保持了“年轻的品质”。

只要想一想柠檬，我就会咽唾沫。

酸的张力，是活泼的引诱，牵引着我的神经；

“酸溜溜”的幻觉，让我蠢蠢欲动，精神焕发。

当我心灰意懒，我就握一颗柠檬。

抚摸它。

假装我的心，仍然可以挤出许多柠檬汁。

● 把酸涩形容为不成熟也没什么不好。如果成熟意味着成长的终结，我宁愿终生做一颗柠檬。

自由的小果子

我喜欢四处滚动的小果子，胜过装在篮里、摆在架子上或盘子里的果子。

它们就像逃跑的小孩，叽叽喳喳，跌跌撞撞，伤痕累累。

它们是自由的。

在乡村散步，见到小果子到处滚动，
我捡起几个来吃。
它们是歪瓜裂枣，色泽深浅不一，蓬勃且粗糙。

这些自然长大的果子，滋味更丰富，
比起超市里的标准化果实好吃多了。

眼看夏天结束。
它们留在野地上，或在后院的空地上，
那么多的小果子，就这样烂掉了。

- 这才是大自然应有的状态。

  这些小果子自由地生长，自由地成熟，被自由飞翔的鸟儿吃掉，在鸟儿随意排泄的粪便中得以播种，或在秋风中任其腐烂，等待来年春天时的重生。

小面包

我认识一个五岁小朋友。

“我像什么？”她问。

我说：“你就像刚出炉的面包！松软、自然，散发着热气和香气。”

我说：“你看起来很好吃。”

看这小朋友，我怀着希望，又有点儿怅惘。

我愿意跟她分享我的无稽之谈，我们一起咯咯笑。

当我们很小的时候，想必都很好吃吧，就像个小面包。

西尔维娅·普拉斯也是这样写孩子的：

“高高蓬松的小面团，我的小面包。”

后来，长大了的人们，脸蛋变得坚硬。松软的部分逐渐坍塌下去。

与柔软一起消失的，还有脸颊上的亮光。

人变得硬邦邦的，好像过期面包。

既不好吃，也不好玩了。

● 每个人小的时候，都盼望自己能快些长大。可长大之后，又对逝去的童年时光万分不舍。

父母对孩子的期望大致也是如此。盼望自己的孩子快快长大，可孩子长大之后，又觉得他们小的时候更加可爱。

黄瓜

你居然不知道黄瓜上有刺?
那么，你还没吃过新鲜黄瓜吧!

新鲜的，才有刺。
被人挑来挑去，摸来摸去，
黄瓜上的刺就都被磨平了。

后来，
新黄瓜就变成了老黄瓜。

- 一个容得下“刺”的社会更宽容。
  带“刺”的人使社会更有活力。

核桃

五月初出世的小核桃，到六月，就忽然变大了。

它们“膨胀”得很快。

枝头上的核桃一直伪装成鲜嫩的模样，

每颗青皮之下却孕育着老人一般深刻、坚硬的皱褶。

核桃上的皱褶让人联想到大脑的纹路。

吃核桃，能健脑并强化记忆吗？

你甚至不用吃下去，选两颗核桃，拿在手中把玩，也有利于提升大脑活力。

是砸碎核桃吃掉，还是留在手上把玩？

这是个问题。

我知道你既吃核桃，又玩核桃。

后来，核桃丢了，不知随手放在哪里。

看来，为了找到核桃，你还得多吃两颗核桃。

- 我玩过核桃，也每天吃核桃，可在补脑这方面未见有多大长进，经常丢三落四。

舔一舔

伸出舌头，浅浅一触。
这是次柔软的尝试。

舔一舔蜂蜜瓶口，
舔一舔酸奶盖子。
舔手指上的巧克力，
舔勺子上残留的肉酱。
舔舔嘴唇，以保持湿润。

我舔过屋檐下的冰凌，
把新雪当成白糖，撒在冰凌上，
舔它。
舌尖轻轻卷起，带走薄薄一层冰凉。

要么，学猫的样子，
仔细舔掉盘子里剩下的红汤。

只要舌头离开了嘴巴的巢穴，向前试探，
我就成了一只快乐的小动物。

● 少小时，我也曾有过舔碗底的习惯。只不过，那不是诗意的雅兴，而是一种肚皮尚未填满的遗憾。

诞生

一旦到了时间，
小苗破土而出，
小鸡破壳而出。

你们看起来柔弱，
内部的意图却十分强烈。

得等待时机成熟。
如果你们自己不想出来，
谁也没办法帮忙。

鸡蛋只能从内部裂开，
否则你就是个坏蛋。
或者，被人打碎了，用来炒或煎。

发芽也是个奇迹。
有的种子等了几年，才决定在世界上冒头。

值得庆祝哦，
在春天的夜晚。

祝贺，
为你此刻的诞生。

● 我也曾经历过一颗种子从生根发芽到开花结果的全过程。
一棵植物的生长尚且要得到细致的呵护，一个人的成长又何尝不是如此。

发海参

珍藏的海参在冰箱里放了若干年，只有那么一丁点儿。

我妈把海参泡在水里。

48 小时，海参就像活过来似的，展开了身体。

每当干货吸水，逐渐变得很大，我的内心都会感到充实。

这是个发海参的好日子。

在新一年开始之际，适合让事物适当地膨胀。

我的想法，也在这一天均匀地膨胀起来。

- 年轻时，每到辞旧迎新的日子，我都要收听从收音机或电视机里传来的新年钟声，以便让自己心中的美好愿望有如“干海参”般膨胀一下。

发酵

酸菜发酵，
面团发酵，
有机物暗中酝酿，
无声无息，
平凡的材料，正发生转变。

想象发酵，生出新怪物。
思念发酵，复活旧灵魂。

记忆并非一成不变，
坛子里的记忆正在发酵。

打开陈年坛子的一刻，
怎样的味道扑面而来？

每一次开启，出现的结果都是个未解之谜。

- 发酵是个好事情，可以一变二，二变三。

  我总愿把鲜奶发酵成酸奶，这样一来，可以增加许多宝贵的活性养料。

泡沫种种

啤酒和香槟的泡沫，
牛奶和奶昔的泡沫，
苏打水和碳酸饮料的泡沫……

小泡沫，欢腾雀跃。
每个泡沫里都住着一个俄耳甫斯，
它们懂得唱情歌，懂得蛊惑人心。

轻盈的小泡沫，是空心的，
快速升起，瞬间消散。

人们心中曾泛起，
无数爱的泡沫。

甜的泡沫，
酸的泡沫，
随着虚无的乐曲，轻快起舞。

● 这些裹缠着爱意的细小泡沫，如欢跳着的音符般拥来，又如风一般消逝。虽然只是一次短暂的来访，却足够在心中驻留好久。

喝西北风

喝西北风，是个很轻盈的说法。

吞进任何东西，人都会增加重量，
唯独西北风，灌入冷空气，人会像气球一样飘起来。

喝了西北风的人，追随“不食五谷，吸风饮露”的神仙，
随风而逝。

大概，
他们往东南方向飞去了。

- 我可不想“喝西北风”！
  没经历过饥饿的磨难，不会知道“喝西北风”度日是个什么滋味。

仙丹

吃了太上老君的仙丹，孙悟空法力大增。

破庙里的穷书生吃了狐仙的仙丹，才思泉涌，写出一流文章。

偷了后羿的仙丹，嫦娥飞到月宫，成了月神。

吃下仙丹，立刻发生神奇的转变。

以前我们还把彩色糖豆当仙丹吃呢。

吃下一颗，闭着眼睛倒数，等着长生不老，羽化成仙。

外国也有仙丹。

漫游仙境的爱丽丝，曾看到一个小瓶子。标签上大字写着“喝我”。

喝下之后，爱丽丝如愿变小了。

我多么想变小啊！

更何况，这瓶饮料口味很好，像樱桃馅饼、菠萝、烤火鸡和黄油吐司混合起来的味道。

我要跟着爱丽丝穿过小门，进入神秘花园，四处漫游。

如果我饿了，只要喝一滴露水，就饱了。

- 童话里的世界真好！
一切都在自己的掌控之中。随心所欲，永无生活的烦恼。
若有可能，我也希望生活在童话的世界里。

人参果

《西游记》里的人参果十分珍贵。闻一闻，人能活三百六十年；吃一个，人能活四万七千年。

人参果的成熟过程很漫长。三千年开花、三千年结果、三千年成熟，总共约一万年才能吃到。人参果又很脆弱：遇金而落，遇木而枯，遇水而化，遇火而焦，遇土而入。采摘、食用时需要非常小心。

就是如此难得的人参果，猪八戒一口吞掉，没尝出滋味。

他努力回味，可还像没吃过一样。猪八戒还嚷嚷着："猴哥，再给来一个吧。"

卡夫卡总结得很好：人类有两大"主罪"，缺乏耐心和漫不经心。

由于没有耐心，我们种不出人参果。

由于漫不经心，即便有人参果吃，也尝不出味道。

● 世上没有捷径。
若不是付出辛苦，亲手栽培，对轻易到手的珍稀之物也不会知道它的价值所在。

南方菜市

南方小城的菜市提供时令的新鲜食材。

活鸡、活鸭、刚砍下来的羊蹄、大鱼头、新鲜猪血、刚摘的菌子……

如果心情不好，我就去那里转转。看看新鲜绿叶菜：小白菜、油麦菜、西蓝花，如此大堆的嫩绿、翠绿，叶片支棱着，郁郁葱葱。

如果到二月，新鲜的沃柑就会上市了。一望无际的橘色，也让我觉得一切都会好起来。

菜市的摊子上，飞着一些活泼的苍蝇，

这些苍蝇比北方的苍蝇同胞更幸福。

毕竟，它们每天都在真正鲜活的食物上巡游。

- 生活的吸引力不只是吃到嘴里的美味，还有映射到眼中的多彩。

不老也不新

食物可以分成新的、老的。

蔬菜、水果、海鲜……只要新鲜，几乎就是好的。新鲜食材，不用请高手烹饪，简单处理一下，仅品尝食材本身就足够好吃。不新鲜的呢，只好多放调料，遮盖原本的味道。

也有珍贵的老食材。比如，老酒、老普洱茶、陈皮……随着时间的沉淀，食物香气会更加复杂、丰富。如果存放得当，老的食物，柔和醇厚，入口顺滑。

居于中间的食物呢？不新鲜，也不太老，比较尴尬。

翻翻看，我家的存货大多如此。

要么已经过期，要么快要过期。几乎不值一提。

小孩子有朝气，有活力，有新鲜味儿。内在稳定的老人，温和、醇厚。

中年人，在中间。不够老，也不再年轻。

就这样，人到中年的我经常感到惶惑不安。

- 不新不老正是人生多彩的时光。
人到中年，还带着未尽的朝气。虽然背负着社会、家庭的责任，却是人群里的中坚和脊梁。
不必期盼着老年的“醇厚”，那只是遍尝酸甜苦辣之后一种无奈的滋味。

眼大肚子小

眼大肚子小，是我每次吃自助餐的感想。

进餐厅入座，怀着雄心壮志，我觉得自己可以把一头牛吞进去。

但只要吃上几口，宏愿就消失了一半。

每次都是这样，高开低走，草草收场。

遥想古代，宫廷的满汉全席，最让人啧啧称奇。

大部分的好菜，端上来只是摆着。

盛大的排场，是为眼睛预备的，而不是胃肠。

“鹪鹩巢于深林，不过一枝；偃鼠饮河，不过满腹。”

道理如此。等过几天，仍然是眼大肚子小。

这会儿，我饿了，觉得自己又可以吃下一头牛了。

- 世上的许多事情都是一个道理。不可把自己的能力估计过高，否则必成世人的笑柄。

  志大才疏是许多人的通病。

“大胃王”

专门表演饕餮进食的“大胃王”简直是个奇迹。他们看见吃的就两眼放光，不停吞咽，仿佛任何东西都可以吞下去。

最近看见短视频里的一个男人，一次吃掉十块东坡肉，两个红烧猪肘，以及一碗米饭。此人大嚼特嚼，吃得津津有味。

吃得多，而且一直保持永不枯竭的食欲，令人瞠目结舌。

有的“大胃王”不太胖，甚至很瘦。吃完了，就跟没吃一样，也是另一种神奇。

看到“大胃王”吃肉，我也感到满足，就像他替我吃了。

在我身边，很少见到胃口这么好的人了。

“大胃王”是卡夫卡所写“饥饿艺术家”的反义词。不过，“表演吃喝”远比“表演饥饿”更有观赏性。

最新的荒诞故事是这样的：一群食欲不旺的人，每天看着陌生人在屏幕里大吃大喝。他们躲在黑暗的小角落里，吃得很少。只能用幻想的模拟吞咽，增进生活的热情。

- 变着花样吸引人们眼球的影像垃圾只
会浪费你宝贵的时间和精力。
沉迷其中，使你远离生活的真实，
也不会增加你的“食欲”。

身内之物

“开饭了！谁吃谁得！”

我妈招呼我们吃饭时经常这么喊。

吃下去，才能真正“得到”。相反，如若不吃，你就得不到了。

比起穿、住、行，“吃进去最实在”——言下之意，其他行动都不如吃下去实在。

吃下去，食物将转化为身体的一部分。

毋庸置疑，这不仅增进了身体，还膨胀了灵魂。

一个人的身体，就是他能够把握的最后财产。

无论何种处境，人都希望，对这个身体有所增进。

世界，都是“身外之物”。吃进去的，成了“身内之物”。

我想起广受欢迎的吉祥物：貔貅。

神兽貔貅，有口无肛，只进不出，吃下去的全存储在身体里。

永恒的贪婪，象征了占有一切的野心，也预示着一种不安全感。

可是……难道貔貅不会爆炸吗？

● 年轻的时候，家里上有老，下有小。
自己舍不得吃喝，能省则省。
年岁大了之后，想开了，买了许多好吃的打算“奢侈”一下，犒劳犒劳自己。
这时却发现，食欲大不如以前，已经吃不动了。

减肥的人

我，一个减肥的人，坚持与食欲作斗争，尽量减少热量摄入。

我限制自己的吃喝，又想办法欺骗大脑。明明没怎么吃，却让大脑产生幻觉，认为已经吃饱了……看到盘子里的一块甜点，我就把它想成自己腰上的一块肥肉。我将一切甜美食物都脑补、放大成对自己的威胁。

圣徒都是忍饥挨饿的吧（至少看起来他们很瘦）。减肥的人，是不是觉得自己也变得神圣了呢？也许更甚。

当脂肪成了原罪，新增几两肉，就会让人沮丧。而自我耗损，却让人愉快。减肥，堪称当代的神圣行动。

当代人决定对自己狠一点。

既然我对周围的许多事情缺乏控制力，既然无法影响世界，只好训诫自己。我将减少体重，当成唯一可取得的生活成就。

手机屏幕不停涌出信息，人吞下去多少？

手机嘛，我惹不起。我只配与脂肪斗争。

这样说起来，不节制地摄入数字信息（有饱腹感），与减少实质热量的摄入（腹中空空），终于达成了某种平衡。

- “获得”的诱惑，与“获得”的恐惧，在这膨胀得快要爆炸的世界中，犹如天堂里的“智慧之果”，成为人类需要面对的一道难解的哲学问题。

红旋涡

孩子们向池塘里扔了馒头或饼干。

几百条红鱼一拥而上，挤在一处，翕动的鱼嘴向上。

如果你盯着看一会儿，转动的红旋涡打破绿水波，你体内的血液循环也会有所增进。

红鱼张大嘴，出水之时，血和氧气冲过心房。生命的冲动，就在其中。

当然，你或许想到在这个世界上，人们拥挤地活在一起，大声呼叫，在远处听不清楚，只当低声呓语。

就像一群红鱼的表达:“我，我，我要，我要。”

在往复循环的游泳中，你们，我们，他们——

活着，寻找，等待，抢夺，吞食，长大，消耗，死去。

既短暂又漫长的故事，正发生在这小池塘之中。

● 一沙一世界。
在浩渺的宇宙当中，我们生存的地球
与这小小池塘相比，也差不了多少。

兴致勃勃

谈到兴致勃勃，我想到炉火上的蒸锅，正源源不断地冒着热气。

小花猫闻到了鱼腥味，瞪大眼，跳着脚，喵喵大叫。

我知道了，为什么我无法回到童年。

一旦知道事情的结局，我就无法回到“不知道”的时候。如此就逐渐冷漠下来了，失去了生命的原始冲动。

“若要保住某件东西，最好的办法就是不去理它。”

道理上如此很好，可是，对着一桌好菜无动于衷，总归有些乏味。

一旦发现自己还有点儿兴致，我就由着自己的性子了。

好像受潮的火柴，好不容易划亮了一次。

一阵阵吹风，火苗摇来晃去，还不知能烧多久。

有兴致的时候，我不多想，立刻有所行动。

一个念头闪过去，那么快。

不一会儿，火苗灭了，烟也散了。

● 对此，我也颇有同感。
当自己有了画画儿的冲劲时，不要迟疑，赶紧拿起笔来。这时画出来的东西容易生动有味。

只留下味道

传说许多爱美的古罗马人，在饱餐一顿之后，再用催吐药把食物吐出来，只留下关于食物味道的回忆。如此说来，“反刍”乃是这些古罗马人美化灵魂的重要方式。

吃喝又好比阅读。读太多文字，导致我消化不良，以至于健胃消食片都失去了效果。

即便如此，我仍然无法摆脱对各种文化知识的依赖。如果停止“吃”进各种信息，我就会空虚到心慌。感到头昏脑涨时，我也得抓起一本书，与其说有可能获得智慧，不如说是想取得一点儿踏实的感觉。

怕嘴里太淡，我就得保持咀嚼，持续摄入知识。

同时，为了减轻负担，我得想个办法，把咽下去的知识“吐”出来。学着古罗马人的方法，吐出食物，只留下知识的味道。

- 由于好奇心驱使，许多新见到的书籍我都想读，世界上新发生的事情也都想知道。

单是手机上多如牛毛的信息，我每天都要花费许多时间翻看。虽然不胜其烦，但又生怕漏掉其中重要的东西。

自助沙拉

你吃过必胜客自助沙拉吗?

只需 28 块钱，一次性取餐。我们面临的挑战是：在白色宽沿的塑料碗里，尽量装下更多的水果蔬菜。

首先，放黄瓜片、胡萝卜片或菠萝块，将沉一些的食材作为塔的基座。再用舒展的菜叶子向外拓展存储空间。西蓝花、花菜可以相互支撑，用沙拉酱充当黏合剂，形成坚固的中间层。最后，撒上玉米粒、葡萄干。

沙拉塔，逐渐升高。

每次我都志在必得，就像是在建造一座巴别塔。

那时候，生命仍然像一个永不枯竭的游戏。

我们胃口很好，这样一大盘沙拉，能全部吃完。

我们还有雄心，谈着下次聚会的建塔计划。

- 像孩子一样，把无趣的时光当成游戏来做，让所有烦恼烟消云散。

一连串

他们送来了两袋名牌大米。

我煮了一碗饭，很好吃，唇齿留香。

有了这碗饭，我还得准备两盘菜。有了好饭，怎能不搭配好菜？

好比有了醋，要准备饺子。

一根鞋带，改变了鞋。新鞋，影响了裤子、衣服的选择。

窗前的小摆件，牵动整个房间的装饰。

还是谈谈吃饭吧。

有了好菜，怎么能不开一瓶好酒呢？

酒倒好了。既然喝了好酒，吃了好菜下酒，谁还要吃一碗饭？

开启了一切的一碗饭，就这么被我忘记了。

- 我们这些早年间饱经沧桑之人，在那些饥荒年月里，食不果腹是一种常态。“代食品”尚不充足，哪敢奢望菜和酒！
  得陇望蜀是有闲者的奢侈。犹如杰克·伦敦《生命之爱》中的主人公，即使已经脱离了饥饿的险境，也常常惊魂未定，偷偷储藏许多食物。

螃蟹的外壳

很久以前，我们去海岛上吃螃蟹。

挑了很大的一只青蟹。蒸熟之后，打开盖子，发现那么大的一只蟹，内部竟已经没肉了。我确信买来的螃蟹是活着的，但它的肉已经被时间消耗完毕。

并不能说渔民骗了我们，而是我们丰满的预期，没有兑现。

如果不打开外壳，其中的充实想法就有可能还在。

讨厌的揭示者，提出了类似的可能性：

任何价值，或者观念，都藏在外壳之下。

然而完整、坚硬的结构之下，其实一无所有。

如果我尊重螃蟹壳，也就维护了它的表演面具。

一旦有了这种吃螃蟹的经历，我对一切带漂亮外壳的东西，都要表示审慎的悲观。

● 到底如何是好呢？揭开外壳，我们不得不面对“一地鸡毛”的现实。维持外壳，我们就得自欺欺人，败露之后，终有更难受的时刻。揭开，需要战胜自我的勇气；维持现有的样貌，也需要欺骗自我的能力。

往复的季节

夏天繁茂。世界膨胀，释放，感性。

冬天凋零。万物停息，收敛，理性。

夏天，雄壮、丰裕，滋生浪漫，适合抒情诗和蜜瓜。

冬天，枯萎、休眠，冷峻抽象，适合格言和萝卜。

夏天，比如波萨诺瓦舞曲。柔软、多汁，尝一尝，满口甜美的欢愉。

冬天，比如酷爵士乐的小号。划开一道凛冽的口子，牙齿碰上雪糕的冰。

夏天，比如假山的孔洞。皱褶密集，阡陌小路，难以穷尽。

冬天，比如赤裸的枯木枝干。白茫茫大地上，一串足迹真清晰。

夏天，融化。四处流动，奔流，涌现。

冬天，凝结。蛰伏沉思，停顿，回忆。

夏天吃冰。借来了冬天的一碗冷。

冬天吃火锅。回忆着夏天的一锅热。

冷气、热气，甜美、苦涩……

我愿在四季生活，在收缩和膨胀之间，与世界一起运转。

- 我喜欢四季分明的生活。
  不只是温度的对比，景色的对比，
  更加吸引人的，是不同心情的体验。

甜

甜，是昨日的余温，美梦和漂亮话，
是眷顾和思念，
是想要停留的贪恋，是让人心安的老家。

一颗桃子

一颗桃子包含完整的声色世界。

毛茸茸的表皮，诱惑的丰满曲线，凝聚锐利的尖端。

咬一口，咀嚼果肉纤维，吮吸香甜馥郁的汁水，舔食它的硬核……

一颗桃子可贵，却并不罕见。

六七月，季节的限定邀请，

请你观看，品尝，却无须反思。

分析桃子吗？多么徒劳！

完美的事情，如此简单。

只不过，一颗完美的桃子，需要真心实意地长出来。

而智慧——

再伟大的智慧，

也不可能大于一颗成熟的桃子。

- 真正的优美应该是自然、真实而又朴实无华的；真正的智慧无须用曲里拐弯的方式刻意装扮。粉饰的“智慧”大多是骗人的鬼话。

甜甜圈

甜甜圈的奥秘在于，中间有个洞。

吃之前，你拿起来，比画一下。通过洞口，看天空，看山峰，看男人、女人……

甜甜圈的洞，是你看世界的窗口。

几年前，你见到了黑洞的照片。

茫茫宇宙中，黑洞看上去，像是一只眼睛，一口井……

或者，它就是一只金色的甜甜圈。

放在黑玻璃上，甜甜圈看起来挺有吸引力。

黑色的洞，正将各种滋味吸进去。

就像记忆中的黑洞，阻止光线逃逸，容纳你的痛苦和欲求。

金色的甜甜圈，是你想象的框架，也是思念的庇护所。

而且你还可以随身携带它，随时咬开，品尝甜甜圈里存储的美景。

- 也许，在造物主的眼中，真正的黑洞不过只是一只甜甜圈；在一只微生物的眼中，我们手里的甜甜圈却是一个不可逾越的“黑洞”。

栗子

从树上掉下来的栗子，

外壳上全是刺，就像几只小刺猬。

它们张牙舞爪，表示抗拒。

浑身的刺，就像许多尖锐意见，让你一时无从下手。

站在栗子树下，你甚至不敢轻易抬头，担心被坠落的栗子刺伤眼睛。

在成熟的季节，栗子的好处都藏在内部。

其中的内容，甜蜜而扎实，却不被外人所见。

除非，栗子卸下防御的外壳，

你就不再诅咒栗子，你会赞叹它的好味。

● 生活中也有像成熟的栗子一样难以接近的人。
但他只要接受了你，便会掏心掏肺，向你敞开自己诚挚的心扉。

果实与果核

苹果核、桃核、葡萄籽，它们为了繁衍物种而存在。

可是，果实的实质是果核吗?

不，吃水果，我只享受它们外表的甜美。

即便不关心果核，我也帮助了它们。

甜美的果肉，诱惑着人和动物，为我们散播种子提供了报偿。

这是个完美的设计，吃掉果子，扔掉果核。

果实与吃果实的人，各得其所。

即便水果的内核是思想的实质，我也没必要过分关切。

实质上，我并不关心实质。

我只关心甜美的皮肉。

- 生物们在享用了果实后随意丢弃果核，无意中帮助植物完成了“传宗接代”的任务。
  这是大自然安排的一场关于善的传递吗？

甜的海

德国的蜂蜜糖，
澳洲的奶糖，
巴西的砂糖
……
我每样都尝过一点儿。

它们来自遥远的一棵树上的一只蜜蜂，或一头牛。
想着各种甜品的采集、制造过程，
我理解了地球的甜度。

夏尔·傅里叶曾设想：
将大海全部变成柠檬味的甜汽水。
那可真是一个甜蜜的乌托邦。

为何地球上有那么多苦恼？
因为无穷无尽的海水太咸了吧。

- 理想与现实，从来不在一个层面。

金色巧克力

用金箔纸包着的巧克力球，
发明它的人，真是天才！
橱窗里的巧克力球，
在灯光照射下，金光灿灿，多么华丽。

你收集糖纸，因为糖纸比糖更美。
金色糖纸尤其好，
你忘了糖果的滋味，却仔细保存着一张漂亮的皮。

你说名牌衣服、手提包都是包装。
可是，人间怎能没有包装呢？
你刚说的漂亮话，难道不是金色的糖纸？

如果剥开金色糖纸的外衣，你的心，
哪里还剩下一点儿甜蜜？

- 任何事情都要讲究个“度”。
  若是把低档品包装成高档的样子，把普通人装扮成富豪模样，那就使这一切成了骗局，成了生活中的笑话。

黏稠食品

你切开山药、秋葵，
拉出黏腻的细丝。
对了，还有蜂蜜、糖浆，
麻薯、银耳汤、加热的芝士……
都黏稠到拉丝。

你爱黏稠的食物，
因为它们可以用来象征思念。

为了戒掉思念，你决心多吃酥脆的食品。
比如爆米花、炸薯片，或者脆皮烤肉。

咔嚓咔嚓，
嚼起来干净利落，
咔嚓咔嚓，
你的心中不会多出一丝牵挂。

- 无论多么亲密的关系都不要过分地黏腻。
一定的“距离感”反倒是感情得以长久存在的“灵丹妙药”。

死亡与香甜

有人死了，厨房飘出奶油香气。
有人死了，新出炉的糕点，仍然香甜。
树上的红花开着，
没人指责花香，
他们却有理由怀疑蛋糕的故意。
人间的香气，随着哼唱，
轻易突破关闭的门窗，浸润了伤感的道德标准。

收音机放歌：我们的爱永存不朽。
伸出舌头舔一舔，
顶端的樱桃，
甜美，让人难以拒绝。

在沾了甜霜的红嘴上，
炉火熄灭了。
深沉的爱，或悲伤，都不够纯粹。

- 中国人的“白喜事”，主要是指年老之人的去世。该离世的时候就欣然离开，这本是一种自然规律。亲友们应该祝贺这个完成了人生历程的人，不论离去的人一生中是高兴的时候多，还是伤心的时候多。

芒果与释迦

成熟的芒果，不用剥开，远远就能闻到它魅惑的香气。

第一次吃芒果，我将它高高举起，就像宣布一个奇迹。

作为北方人，小时候我只接触过苹果、梨子之类的寻常水果，

直到吃到芒果、木瓜、杨桃、菠萝蜜之类的热带水果，

我才恍然大悟，就像发现了世界的另一面，

也许是它隐藏已久的本来面目。

最后我吃到了番荔枝，又名释迦。

它的外形酷似释迦牟尼的头饰，体现了十足的精神特征。

剥开它，成熟的释迦果实内部，包含了最浓郁的甜蜜。

那是一种咬一口，能持续三年之久的甜味。

我舌头和口腔无法适应。

但它的甜度，非常适合回忆。

当我感到难过时，我就会调动它。

剥开智慧的外壳，释放关于热带丛林的想象，以及在南方旅行中留下的浓厚记忆。

● 遥远的事物虽然掺杂了许多苦涩，
却总会被记忆蒙上一层甜美的面纱。

旅人蕉

哦，旅人蕉。

每次我看到它，就要赞叹：居然有这么大的一根草啊！

旅人蕉大概两米高，就像一把打开的巨扇，为疲惫的旅行者遮住阳光。

它的叶柄底部有个存水器。只要旅行者用利器划开此处，就可以拧开畅饮。之后，出水口还会自动关闭。据说在原生地点，旅人蕉的生长永远朝着同一个方向。

旅人蕉，为旅人提供水和阴凉，还能指引方向。

除此之外，它还让我想起了松尾芭蕉写的一句诗：但愿呼我的名为旅人……

我抚摸旅人蕉肥大宽厚的绿叶，它给了我承诺，烈日下的旅程也不再令我担忧。

远行的旅行者寻求稀有的智慧或宝藏，
但当我渴了，有一口水就足够了。
这清泉的清甜，世上任何稀有之物都不可能代替。

● 从前去山里，旅行者可以在无人看守的小屋里自行寻找吃喝之物，留不留钱无所谓，只是不许把东西带走。记得我们从一个陶罐里舀出清冽的甘泉水，尽情喝了个够！
没过几年，山上的屋子都被上了锁。
没有钱，就喝不到水了。

白米饭

你何曾记得白米饭的味道?

太熟悉了吧!

就像你听不到街道上的噪声,闻不出自己房间里的旧味道。

白米饭嘛,平白且平常。

它的存在感很低,近乎透明,仿佛不存在。

只有特殊产地的名贵大米才会被你单独品尝,

用心咀嚼时,你就像凝视一件白色艺术品。

当你在山里散步,停下来,深呼吸。

湿润的草木气息,在鼻腔停留。

虫鸣声也浮现出来。

感知复活了。

只有这种时候,你才会想起,

当初品尝新鲜白米饭的淡甜滋味。

- 多年前，大米珍贵，被称为“主食”。近些年，优质米多了起来，餐桌上的白米饭反而“退居二线”；以前被称为“副食”的肉和菜却成了餐桌上的主力。

真是此一时彼一时也！

冬夜晚餐

如果你看懂了炊烟的信号，
你就知道它在召唤你回家。
如果刚进屋，你闻到了厨房里炖鱼的香味，
你就知道快开饭了。

你漫不经心，透过结冰的小窗，
望着远处赶路的人，
艰难地走在冰雪覆盖的小路上。

在无所事事的冬天傍晚，
你点亮餐桌上方的黄灯泡，
摆上了碗筷。
妈妈揭开锅盖，
蒸汽扑面而来。

天黑下来了，
如果世界只剩下这样一个小屋，
你就会甘心停在此刻此地，忘记了远方或明天。

● 我也常有这种感觉。只是时间、地点不同而已。

小时候家里那厨房的味道，那盏昏暗的黄灯，还有小窗上美丽的冰花，都是永远不可能追寻回来的诗情画意。

我的小蛋糕

每个人都有自己的小蛋糕。

我也有一块：长条形状，柔软洁白，撒了一层细冰糖。

很久以后，小蛋糕不再由面粉和糖组成。它成了一团小迷雾，紫色的悬浮气体，边界模糊，软硬不定。

无须特意保存，小蛋糕就在那儿。

我吃掉它，它又在我心中复原了。如果反思它，它却可能随时消失。

泥泞街道的土灰色，黄昏玻璃上的湖蓝色，踩在脚下炮仗皮的砖红色，几种色彩在光线中合为一体。半梦半醒的往日之光，笼罩在小蛋糕周围。

幸福就是一块小蛋糕即将进入嘴巴，却始终无法触碰的感觉吧。

- 对于我而言，少年时最难忘的是一块能填满肚皮的玉米面发糕。
  之所以要把玉米面发酵之后做成“糕”，最主要的不是彰显其美味，而是使其胀大自身的体积，看起来比实际上更大一些。
  即使如此，刚揭锅时带着微微酸味的菱形发糕，至今仍然令我垂涎欲滴。

小麻雀吃米

在食堂吃饭，不知从哪里钻进来一只小麻雀。

它跳跃着，从一张桌子跳到另一张。就像个小音符，跳进了小舞曲。

小家伙扭动脑袋，东张西望。

在阳光的网格里，它找到了什么，看一看，啄一啄。

我放下筷子，看麻雀如何啄一粒米。

第二天，我再去，麻雀没出现。

它找到出口了吧！跳上了枝头，或在草地散步。

我吃完眼前的饭，慢悠悠地走在洒满阳光的小路上。

小麻雀在哪儿呢？

我想，无论在何处，它都在认真地啄着眼前的一粒米。

- 多年以前，我偶然间捡到过一只受伤的野生小鸟。
它在漂亮的笼子里不吃也不喝，一个劲地扑腾，把嘴都碰破了。终于在一次我打开笼门喂食时，鸟儿夺门而出，消失在高远的天空里。

米粉店的鲜花

一天早上，我走去村口的小吃店。

我问："你们有什么米粉？"

小姑娘垂着手，只是指一指："就是这种，桂林米粉。来一碗吧！"

可是味道不敢恭维，再怎么样说，这样一碗，也不能叫作桂林米粉。

第二天，米粉店的小姑娘已经认得我了。她跟我点头，笑笑。我换了品种，要了一碗泡在热汤里的饺子。我放了一点辣椒，勉强可以吃下去。

我又来吃饭，因为小店的每张桌子上都摆放着自制花瓶，是用洗洁精瓶子改装的，每个瓶子里都插着一束新摘的野花。

在田野里，这些小黄花不会引人注目。但它们被挑选后，被放在了花瓶里，装点了人们的早晨。

昨晚讨论的许多人生道理，都比不上几朵新开的野花。它们给出的态度，十分直观。

我抬头看看这些花，眼前如此难吃的饭，也可以忍受了。

哪怕一分钟之后，我又要回到崎岖的乡村道路上。

- 一束乡野小花胜却人间无数。

闻烤肉

一个下午，我的朋友来找我。他说："走，快走，我带你去看好东西！"

我跟着他跑，翻过煤堆，爬过矮墙，到达烟囱下的空地。

他指了指地中央的一堆火，另一个孩子正在烤肉，火上的带皮猪肉滋滋冒油。

"这肉是我们捡来的，不能吃，就是闻味。"我的朋友说，"你闻闻吧，香不香？"

我认真闻了一会儿，回答："很香。"

几十年了，我总想起那块肉在火焰中滚动。我们跑了很远，特意去闻它。

我没碰它。它保持了纯粹，回味绵长。

● 与某些事物保持一定距离，远远欣赏，回味也会更加绵长。

变硬的蛋糕

从前，我奶奶把她过生日收到的礼物都堆放在床头。

我们睡在那儿，被许多蛋糕盒子环绕。

早上，她会打开其中一盒，切一片蛋糕给我吃。

她的生日在农历正月，这些奶油蛋糕几乎被保存到春天。

直到软的蛋糕完全硬化，直到奶油变成了白雕塑。到了春天，生日蛋糕咬起来是脆的，甜味也越来越淡。

软奶油不够高级。只有变硬，它们才接近于艺术品。

经过了干燥空气的“净化”，奶油获得了永恒的质感。

多年以后，我在博物馆看到了一些浪漫主义的石膏雕塑。

我想起了奶奶的蛋糕。

那些变硬的蛋糕，是我心中高级感的起源。

● 我小时候见到奶油蛋糕的机会倒是不少，但都是在街头俄罗斯人开设的店铺橱窗里。

分享一种甜

我和小伙伴，每人一颗奶油草莓糖。我有疑惑：我们吃到的味道是一样的吗？

回头想想：我们尝到了一样的甜味？这可能吗？

我和你，看到的、闻到的、听到的，哪个是一样的？我们编织了一套标准化的语言系统，把个体体验的差异搞含混了。

你和我，仍然在独自品尝。对味道的感知，仅属于私人。

我传递出去一种“甜的”信号，对方也自以为收到了信号。可那也只是“以为”而已。

“太好吃了！”

我们异口同声，只是说明：我们愿意达成共识。

只要我们相互喜欢着，就默认彼此的舌头分享着同一种甜味。

那时候，我们惺惺相惜，甚至假装我们头顶上飘着同一朵云。

● 对世间事物的感受，不一致属于正常，完全一致才是不正常的。求同存异，是这个世界上的人得以和睦相处的根本所在。

泡泡糖

当泡泡糖的甜味消失之后，我嘴巴里剩下的乳胶部分，可以用来制造泡泡，吹了再吹，不断重复。

掌握了技巧的吹泡泡者，可以把泡泡吹得很大。我试过把别人嚼过的泡泡糖要过来，三四块儿合在一起，制造出了比我脑袋还大的超级泡泡。

泡泡糖的归宿不是被吃掉，而是玩。于是，泡泡糖进入了纯粹的审美领域。嚼到后来，它失去了甜味，它几乎无色无味。它摆脱了食品属性，甚至不能被吞咽。

吹泡泡和吹牛，同样追求膨胀。但比起吹牛，吹泡泡更有形式美感。

吹牛是一项社交游戏，而吹泡泡是孤独的游戏。我制造泡泡十分纯粹，且没有额外的目标。我独自注入空气，创造一个独立空间，再看它瞬间破灭。

我吹进去的思想和情绪，保持了一会儿。

随着“嘭”的一声，它们与泡泡一起消散了。

- 吹泡泡都是为了给别人看的。越是需要引来众人的注目与喝彩，越是要把它吹得更大。
当泡泡胀大到极致的时候，也就离最后的破灭不太远了。

吃掉下午四点

酒店的下午茶套餐，端上来了。
唯一吸引我注意的，是一枚钟表样子的小甜点。
白巧克力的表盘，配黑巧克力的表针和钟点。

巧克力表针指向四点钟。
我看看表，快到四点了。
我清楚了自己的任务：准时把这个时刻吃掉。

下午四点一到，我就一口吃掉它。
狠狠嚼碎一个时刻，
让它不再滴答作响。

下午四点，是甜蜜的，又是邪恶的。
咀嚼和溶解的甜，归于混沌。
我假装着，摆脱了时间的控制。

吃下了时刻，时间就不再流逝了？
不，糟糕的是，钟表在我肚皮下，继续滴答作响。

- 幼小时，觉得自己有大把的时间可以支配，总嫌时间过得太慢。
成人之后好像被置于一部逐渐加速的机器里，又觉得时间过得太快。
待到年老后方知，时间的快与慢不过是每一时刻自己的心情作怪。

芝士奶茶

你在夜里辗转反侧，在黑暗中咂摸嘴，想念芝士奶茶的味道。

一方面，去奶茶店的距离，让你感到麻烦。另一方面，你始终相信：想象中的奶茶味道更接近完美。

“不能多喝，”你说，“多喝，就不好喝了。”

你用苛刻的方式把持自己的愿望，审慎推迟下一次喝奶茶的时间。

降低喝奶茶的频率，才会让舌头上的幻觉更持久。

这样，你就保存了一份关于奶茶的完整想念。

- 与渴望得到的东西，最好保持可见的距离，这样才能使人获得一种梦幻中的幸福感。

莫扎特牛奶

养牛场的工人，让奶牛们听莫扎特的小夜曲，
奶牛心情轻松舒畅，产出的牛奶甘甜醇厚。
看来，对牛弹琴是有用的。

我试着对一整箱牛奶播放莫扎特，
果然好喝了一些！

其实，不用费那么多周折。
我试过，一边喝牛奶一边听莫扎特，
也会提升牛奶的风味。

● “心由境转”。

奶还是原来的奶，听了一首好曲子，心情好了，牛奶也变得好喝了。

遇到烦心事，也可试试此法，让心情愉悦起来！

甜味不足

对糖的过度戒备，导致了人们苦涩有余，甜味不足。

反思的人，处在收缩状态，有一张苦脸。

当然了，由于新陈代谢变慢，人越长大，就越扛不住摄入过多的糖。

而孩子们，就不用反思这些。

我羡慕他们，几乎不用担心任何事情。

他们放肆地吃糖和碳水化合物，跑来跑去折腾一会儿，就消化完了。

心怀戒备，忧心忡忡，这是成年人的常见状态。

我们几乎买得起任何食品，却不具备完美的代谢能力。

以至于，只要有一点儿额外的甜头，我就会心怀警惕，计算着，之后要为此付出怎样的代价。

- 干体力活的很少有胖子。他们吃到肚子里的“糖”都适时地转化成热能，被消耗掉了。办公室里的人缺少活动的机会，把多吃的“糖”都转化成了“赘肉”，自己还要费劲去减肥。

看来，所有的“甜头”都不是白给的。

胖子的艺术

当胖子存储了足够的脂肪，体内富足，就乐观一些，不容易焦虑。

胖子一身肥肉，仿佛自带安全气囊，宽厚、有弹性，足以灵活应对外界的各种变化。

瘦子的观念，就像他们的体型一样骨感。瘦子敏锐而挑剔，常与世界发生磕碰。他们发现了更多不合理，于是忧心忡忡。

胖子圆润、圆滑，瘦子明确、尖锐。

胖子的艺术，肉感而宽容，是甜的。他们的表达圆润而感性。比如，歌德。他长相富态，喜欢感官世界，文字磅礴而华丽。

瘦子的艺术，简要而苛刻，是苦的。典型的瘦子艺术家是卡夫卡。看他的一张脸，瘦得几乎只剩下了一双眼睛，忧郁而敏感，凝视着人间。

- 若用抽象的几何形体来概括，胖子为圆，瘦子为方。
这个世界既需要胖子的宽厚、圆润，也需要瘦子的尖锐与敏感。
方圆结合，才是一个完美的艺术世界。

微热的茶

如果发现书的开头好看，你就会把它放在一边，忍着不看。

你去干些别的，等热劲过去了，再回来看这一页。

如果喜欢一个人，就避免在最想念的时候见面。

如果展馆中挂着一幅好画，你得先在周围溜达，让期待降温。

好比泡了一杯热茶，还挺烫。你把它放在一边，等一个合适的温度。

后来，你想起了荷尔德林的句子：幸福是舌尖微热的水。

他指的是合适的温度。

当然，微热，刚刚好。

茶放太久，也不行。

你说："要是茶彻底凉透了，还谈得上什么好坏？"

但它真的凉了。

- 即使你非常喜欢一个人，也不要把友谊的“温度”调得太高。过分的热情难以持久，日常的状态刚刚好。

酒足饭饱

一顿好饭过后，大家都睡着了。

你仰着睡，他趴着睡，她脸上盖着一本书或帽子。小屋子里，除了微弱的喘气声，没别的声音。

直到你第一个醒过来。你四下张望，好像在疑惑：这是哪儿？我在干什么？

环顾四周，似乎想不起此乃何年何月。

肚子里的饭菜，还没消化完，舌头上还留着一点儿滋味，太阳穴在跳动。

你忽然意识到：原来我在这里。

你再闭上眼，接着养养神吧。

下午很慢，过也过不完。苏醒的两根脚指头，相互摩擦。从脚下升起疲倦，你就像踩着一朵云。

这是宁静的时刻，属于吃饱了的你。

当脑子里的血都流到了胃里帮助消化，焦虑就退到了远处，感伤也很稀薄。

刚醒过来，你对未来没有任何期待，就连“未来”这两个字都不存在。

当你想到下一件要做的事情时，你落地了，脚下的云不见了。

甜蜜时光就这么结束了。

- 难得“偷得浮生半日闲”，吃饱喝足之后，再美美睡上一觉，确实是人生中一种莫大的享受。

沉思的羊驼

迎着阳光的一只白羊驼，眯着眼睛，一缕阳光刚好照射在它脸上。

这是夏天了。动物园里的羊驼们全身的毛都被剃掉了，只有脑袋还保持着冬天原样。

白羊驼很脏，身体失去了毛，头重脚轻，看起来有点儿可笑。

不过，它的表情很高傲。

头顶的绒毛挂着碎土和杂草，这样的白羊驼，倒像是一位斯多葛主义者，一个流浪思想家，在酝酿至理名言。

白羊驼的同伴呢，两只棕色的羊驼仍然伸长了脖子……

它们祈求得到小孩手里几块切开的胡萝卜。

两只羊驼的脑袋凑过去，热切渴望食物。这样的姿态、眼神，很蠢啊。

不惦记食物的白羊驼，好像在进行深沉的思考。

并非更高尚，只不过它吃饱喝足了。

在得到充分满足之后，生物们都会看起来有些冷漠。

而这种淡淡的冷漠，也是体现高雅气质的前提。

- 高贵和优雅，一般都发生在衣食无忧之后。

神游的人

看这人，
远远的，一个侧影，
在独自喝酒，吹风看雨。

忽然眼神里有个东西，空幻。
我说:“你刚才就像去了很远的地方。”

“很远的地方”，
瞬间，万里，神奇吧!
轻易，超越了徘徊的困顿。

又好像说“会心处不必在远”。
人就在桌边坐着，院子里，窗边，或树下，
精神，飞远了。

这人，走神儿了。
在此地，又不在此地。

一下子，就是去神游了。

走了，神了。

- 在喧嚣的现代生活里，能时常有个“走神儿”的机会，也是一种难得的享受。

柿子

你家的老院子里种了不少柿子树，取“事事如意”的吉祥意思。

初冬时节，柿子树凋零得早，果实却可以挂很久。空旷天空下，橘色柿子配老院灰墙最好。

柿子甜美，吸引了乌鸦、喜鹊来吃。几只鸟儿总在枝头萦绕，黄昏时叽叽喳喳，也热闹。

下霜前的柿子吃脆劲，下霜后的柿子甜软。若留到冬天，带冰碴打下来，直接吃冻柿子，俗称“喝了蜜”。

你摘几颗半透明的小柿子，摆在茶盘中。

你介绍：今日茶，昨日柿。

我们赶紧吃掉几个，不苦，也不涩，甜得刚好。

如此恰当的时机，我们解决了一些初冬的事。

● 顺应时节，细细品赏大自然这本美好的无字书。
在匆匆的人生旅途中，要常常舍得时间驻足停留。

冬桃

冬桃开花早，成熟晚。

三月开花，四月挂果。不过，得等到十月、十一月才成熟。

冬桃酝酿了大半年。

小脸才变红，

它的内部刚做好准备。

如果一种果子长得久，滋味也就格外甘美。

时间并不白费。

漫长的等待也是值得的。

● 晚熟的人也像晚熟的水果，别人风光的时候他显得无足轻重，别人过气之后，他却后劲十足。

生命的惊叹

我去酒厂，见到工人们有条不紊地工作。

金属大罐盛装了原料，我等着酒的完成。

葡萄酒经过一番转化，变成了金黄色的白兰地。

这是人间的伟大魔术。转化，让我惊叹。

我喝酒，有时忘记了葡萄。有时，也会想到甜美的源头。

我想起秋天午后的葡萄架，想起阳光下紫黑色葡萄粒中的生命珍藏。

只要时候一到，葡萄就会落下来，而人们将这些馥郁的果实做成可以存放很多年的美酒。

那么，干杯。

就像我们能回到另外一个秋天。

- 葡萄延长生命的方式是把自己转化成能够被封藏的美酒；
艺术家延长生命的方式是创造出传世佳作。
我命定的目标是，一幅幅地画下去，至于是否能获得被“封藏”的机会，那就不是自己该考虑的问题了。

火山下雪

你把一盘糖拌西红柿叫作“火山下雪”，很妙。

打开口袋，倒白糖，每次都可以制造一次“降雪”。

精炼的白，用全部的雪气映衬热烈的红。

等“雪”融化，甜的汁水顺着“火山”缝隙流淌下来，汇聚为酸甜可口的“小湖”。

你看火山上的积雪融化，好比沈三白看蚊子，将其当成一群白鹤飞舞。他用烟喷蚊子，还把这叫作“青云白鹤图”。

又比如，张岱看灯。他看到灯中有光影，光影中有烟火，烟火中光影闪烁变幻，仿佛戏台上的人物，你方唱罢我登场。

“浮生若梦，为欢几何。”

你眼前的图景，又包含了另一重幻景。

要不然呢？

你说：只有眼下的人生，太无聊哦。

- 张开想象的翅膀，白糖成雪山，蚊子成仙鹤。
  把寻常的日子过成诗意的生活。

副食店

副食店是一座圣殿。

明亮的暖色灯光，照亮了玻璃柜里的熟食：粉肠、猪脚、鸡翅膀、麻花……

它们亮晶晶、油汪汪，一眼望不到头。

当年，恐怕只有街头小书店里，书架上新书的油墨味，可以与香喷喷的熟食相提并论。

任何时候，只要不上课，我都可以走进去。无论在副食店还是书店，我东张西望，漫无目的，或者闭上眼睛闻一闻。对于小小游荡者来说，副食店和书店都提供了丰满的现实景观。

食品和书，数量足够多，种类常有增添。每条过道、每个橱窗、每本书的封面、每只猪脚，都暗藏着幸福的许诺。

我乐于徘徊其中，甚至用不着与具体事物接触。

闲逛意味着：我不需要吃这些食品，我也不必非读完任何一本书。

我所爱的，只是包围着我的味觉、视觉。

这些，就是让我沉浸其中的，甜美的实在感。

- 对于人类来说，精神的和物质的“食物”都是不可或缺的生存养料。许多时候，精神的需求或许更为重要。

夏日野餐

我们一家人，只需头顶一片小树荫，脚下铺上一块塑料布，

拿出烧鸡、面包之类的寻常食品，

即便面对平凡的风景，我们也可以享受到一点儿野趣。

只要走到户外，就像离开了柏拉图的洞穴。

去掉遮蔽，迎着太阳和风。

后背贴着粗糙的老榆树皮。

毯子的一角被吹风飞起来，

被我折叠起来的感知，忽然打开。

只有坐得足够久，

闪烁的波光，包含着不确定的寓意，

鸟儿离开树枝的弹性，才能成为喜悦的灵感。

我的心里储存了这样一个普通的夏日午后，

几年后，香甜的预感会在荒芜的冬日，破壳而出。

- 野餐体现了一种波希米亚情调。在忙碌的城市生活中，经常亲近大自然，不只是一种生活方式，更是精神上的追求。

当你谈论快乐

虽然人生是苦闷的，却仍然发生了许多快乐的事。

比如，你嘴里的杨梅。牙齿在接触它毛茸茸的表面时，酸甜滋味占领口腔。

你看到小树发芽，只有这么一点儿大，却伸展身体，像个舞蹈家。

凌晨醒来，你听到窗外下雨，均匀而持续。你继续睡下去，不用惦记按时起床，也不会为了失眠而担忧。

吃绿苹果，让你快乐。

偶然听到一段久违的旋律，也有重逢的快乐。

走在夏日午后，来了一股凉风，吹干了 T 恤下的汗。

即便如此，你却仍然不肯确认这些人生乐趣。

它们终究微不足道，而且有些虚幻。可那又如何呢？

你的快乐，没有哪一种是低微的，除非它是假装的快乐。

只有你硬挤出来的微笑，才透露了你的忧郁。

● 不是所有人都能感受到自己周围每一丝微不足道的声音和气味的存在。一滴雨点和一朵小花的开放，都是生命的律动。

苦

苦，是丰富的折磨，是噘嘴、皱眉。

苦，是苦涩之旅。无话可说，无味可品，没有秘密可言……

苦，是难以预料、转瞬即逝的体验。

不过，苦味散去，也有回甘升起。

苦瓜

我小时候吃不了苦瓜。

而且，我还纳闷：这么多蔬菜，为什么偏偏要吃这种怪东西？

无论炒，或凉拌，无论如何烹调，苦瓜还是苦的。

为什么非要吃苦的呢？

后来，我爱吃苦瓜。苦瓜的苦中不只有苦，我还发现了其中的清新滋味。

也许，人年龄大一些，才适合吃苦瓜。

据说苦瓜去火，小孩子心里没那么多火。

大人有火，而且更容易发火。

如果苦瓜放老了，又不一样。

切开一根老苦瓜，看见苦瓜籽成了深红色。青皮衬托着血红，醒目得如同新烧出来的舍利子。

这是修炼的苦果，凝聚了鲜明的红火。

我尝了熟透的老苦瓜。

它们由于修炼而变甜。

这又是在我意料之外的奇迹。

- 可以用苦瓜的苦，反衬其他菜的甜。这么说，还有点儿“忆苦思甜”的味道。

莲子

夏天，我上街买黄瓜，顺便买了一朵荷花、三只莲蓬。

一朵荷花，斜插在窗前的小花瓶中。

如果开放，就在今晚。我独自躺着，在黑暗里，惦记着这朵花。

不过，荷花没开成，它坏掉了。我只好吃莲蓬。

莲子在莲蓬里，就像几颗滚动的绿眼珠。

剥开了，

每一枚，都包含着一枚苦心。

开过的荷花，留下了若干苦心。

没开过的荷花，就什么都没有了。

- 苦心是荷花在这世界上存在过的证据。

两颗橙子

享受橙子的美味固然令人愉悦，每日见识它的腐坏又是另一种愉快。

橙色上泛滥着灰绿的沼泽，每天都有新进展。

魔鬼住了进来。

橙子是橙色的，魔鬼是绿色的。

我买来两个橙子，当初它们好看的样子不分伯仲。

放在同一个塑料袋里，若干天。

一个丝毫没变，另一个烂透了心，浑身抖落灰绿的霉粉。

两个橙子的命运不同，世界上的事谁说得清？

- 同一个塑料袋，同样的空间，两只橙子却有着不同的结果。同样的阳光，同样的空气，同样在这小小寰球中的人类，有的死气沉沉，有的却活力四射。

绿香蕉

一根绿香蕉，需要等待。

等着，等着，最终就变黄了。

这并非哲理，而是一个事实。

在这个年代，只有极少数香蕉是在树上长熟的。它们在很绿的时候，就被摘下来了，为运输、销售留出充足的时间。

我想起早产儿。儿科医生告诫早产儿的父母：你们的孩子要面临许多未知风险。早产儿被放在保育箱里。他们来得早，却不是绿色的。

香蕉，不是早产儿。只要等待，它们无一例外，都会慢慢变黄。

吃香蕉的人，你得有点儿耐心。

那么，香蕉会怎么想呢？

绿香蕉一觉醒来，一定以为自己还在树上呢。

可怜的香蕉，一旦不再悬挂在半空，就会老得很快。

- 保有一定时间的“青涩”是为了不过早“老去”；及时催熟，是为了享用者在最合适的时间得到美餐。
每个阶段都早已被完美设定，青涩香蕉的所有“梦想”都与此无关。

失踪的葡萄

有天晚上，
一粒葡萄从碗里蹦到桌下。
为了找葡萄，我要推开桌子。
起身时碰倒一摞书，手机和杯子掉在地上，场面混乱。
不过我并没有找到葡萄。

葡萄去哪儿了？它在暗处，与世界失去联络。
昨天，我躺着没睡，我想起了失踪的葡萄。
它正在失去水分。
它正在失去紫色的营养。

我躺在沙发上呼叫葡萄。
“地面控制台呼叫汤姆船长。”
你的飞船正在失去水分，
你的飞船正在失去紫色的营养。

● 我也经常翻箱倒柜地找一样东西，恨不得掘地三尺，终无所获，只好作罢。待到数天后，我发现这东西就在触手可及的地方。

选西瓜

你拿起一个西瓜，敲一敲，听回声。

你再拿起一个，再敲，再听。

意大利某超市专为中国顾客立了牌子：“尊敬的顾客，请您不要再敲西瓜了，它们是真的不会回应的。”

谁说它们没有回应？

年轻的西瓜，叫声清脆。

成熟的西瓜，声音深沉。

不过，你又失败了。

你选的，要么熟得过分，几乎烂了；要么还是生的。

难道西瓜也学会了假唱的技巧？

- 对于如何挑选西瓜，我一直不敢相信自己的手艺。
  可那些卖瓜者只一搭眼便能挑出一个熟得正好的西瓜。
  若是识别一个人也能有如此能力，那该多厉害！

剥洋葱

洋葱的结构接近于真理。

它分层次，而不是模糊的一团肉。
洋葱包含了完整而清晰的结构秩序。

剥洋葱的人发现：
它的每一层都是一致的。
你以为里面藏着什么，
但内部只是外部的复制，不断缩小。
或者也可以反过来说：
外部是内部的放大。

洋葱层层遮盖，好像在保护着什么。
可是，剥开一看，没有什么特殊的东西藏在其中。

因此我才说，洋葱接近真理。
我们满怀希望地，向内探索，
却发现表面之下，还是表面。

除了空气中辛辣的味道（让人感动），只有无尽的表面。

- 在我看来，一个洋葱倒更像是岁月的年轮。一层层地剥下去，使人只见到一种单调的循环往复。剥来剥去，不过是外层的重复和缩小。越往里层剥去，越有一种向着“时光”深处探寻的错觉。那辛辣的味道熏得人满目泪水，却常被误认为是内心中深深的感动。

银杏果

深秋的银杏满树金黄，讨人喜欢，引起我的浪漫幻想。

走近了，熟透银杏果的酸臭味扑面而来。

我想，对一些事情抱有好感，也许还是因为离得不够近吧。

不过，我把一些果实捡回家去，去掉外皮的烂东西，烤了吃。或者，用来煮鸭子，都是好吃的。

它被叫作“白果”，就连新名字都变成了纯洁的。

品尝白果，想起它的来处。

又有新的感慨：

这小小的甜头，都包裹在让人厌恶的酸臭之中。

- 臭于外，香于其中，总比香于外，
臭于其中强。
前者可类比丑小鸭，后者却是使人
上当的货色。

虫子占领苹果

苹果很美，可我的苹果中包含了一条虫子。

在一个翠绿的完美苹果中，住着一条翠绿的、半透明的虫子。

我无法绕过它，实在难以容忍。

世界上许多漂亮事情，虫子都占据了其核心。

爱人的核心，或夏天傍晚的核心。

愉快的场面，包含了面积很小却无法忽略的荒谬核心。

荒谬才是美的主人，就像虫子是好苹果的主人。

- 鸠占鹊巢是常有的事情。
  别无他法，只能及时清除或是暂且绕道而行。

融化的冰棍

夏日午后，我举着一根冰棍，舍不得大咬一口，我小心翼翼地舔它。

热气催动，冰棍眼看化了，再舔两口吧。

冰棍融化这么快吗?

糖水流到了手上，或者，我眼看软了的冰棍，来不及抢救，折了半截。

小时候看到冰棍快速化掉，那心痛的感觉，比后来失恋还要强烈啊。

友人送的小盘子，几天前第一次刷洗，就被我摔成两半。

深夜想来，它没有一张完整的照片，就已经破碎了，小盘子没机会装过什么点心。想起这些，我感到悲哀。

冰棍融化，盘子破碎，就像所有美好事物的结局。

- 世上所有的稍纵即逝都值得珍爱，让人恋恋不舍。譬如自己年迈的父母，还没来得及好好地孝敬他们，就已撒手人寰；譬如自己的孩子，还没来得及好好地爱他们，就早已远走高飞：譬如晨间的露水，还没好好地看上一眼，就在烈日下消失得无影无踪。

螃蟹的旅行

快递箱里的八只大闸蟹挤在一起。它们从苏州的湖里来到北京旅行，没机会游览北方秋色，终点是我的厨房。

我打开看看。其中一只螃蟹已经挣脱了绳子，举起右边的钳子向我示意。

它的嘴边还在冒泡，咕噜噜，就像在嘟囔着什么。

蒸锅的水开了，我把螃蟹倒进去。

在盖上锅盖之前，我看见，最活跃的一位，就是挣脱了绳子捆绑的那只，举着右钳，在蒸汽中，向前走了三步。

难道是我眼花了吗?

螃蟹克服了横着走的诱惑。尽管前进三步之后，一切都结束了。

这只螃蟹很了不起，也许拥有了独特的灵魂。

可是它无论横着走，还是竖着走，旅行的终点就在此地。

- 事先被设计好的结局，只是当事者一无所知。自以为会是一段愉快的行程，不承想，终点却是送命的所在。纵使也有手忙脚乱的抗议，终逃不脱成为盘中美味的下场。

冲坏的咖啡

来，做一杯手冲咖啡。

如果过度萃取，咖啡就会很苦，不好喝。如果时间不够，咖啡的风味则没机会充分展开。

精巧的操作，都讲究时机。

大道理容易讲。可是稍微一走神，琢磨点别的事情，我就错过了合适的时间。

怎么办呢?

每一杯，都不一样，将就着喝呗。

我用“一期一会”的原理安慰自己。

就这样，各种失败的咖啡，我也喝了不少。

- 这与绘画的道理相通。水彩画讲究水与彩的平衡。一笔下去，水多了，颜色显得寡淡；水少了，颜色显得不够滋润。只有在两者的最佳结合点上，才能使画面鲜明而又生动。

回想与回味

喝浓缩咖啡，需要准备一杯冷水。一口咖啡，接一口冷水。冷水反衬咖啡，使咖啡的滋味得以充分展开。

“回甘”的有趣之处在于“回”。当苦味道离开之后，嘴里升起具体的甜。

沉思与回忆，会重新生成某种类似于回甘的体验。

感受过的苦，被时光冲淡。

再回来，在紧张释放之后，来了一阵隐约的甜。

春天，我到过一些地方，看了一些风景。

回去之后，“回想”是一种“回味”。浓郁的味道消散了，剩下的，只是清淡的回甘。

远去了的春天遭遇，耿耿于怀的，都被冲淡了。

淡如远方的青山。

- 生活中的酸甜苦辣被“回忆”的纱网滤过之后，都会成为诗意的存在。

咖啡杯里的旅行

有人侃侃而谈，
有人含情脉脉，
失意者在角落里打发时间。
还有人在窗前沉思，在小本子上写下感想。

对面桌边的一位女士正对着咖啡杯流眼泪。
她那杯咖啡已经喝完了。
大概杯底出现了一些征兆。
（假如你也相信土耳其人用咖啡算命。）

如果出现了独角兽图案，
这意味着，她心中藏着不为人知的秘密。

咖啡馆里嗡嗡作响。
隐藏于其中的人们，
在各自解读自己的征兆。

我的空杯上，发现一艘帆船的遗迹。
难道返航时刻快到了吗？
我的旅行波折而短暂，却没有得到一个答案。

- 我们生存的家园与茫茫宇宙相比，
  并不比一只咖啡杯大多少。

剩茶无味

一阵笑语戛然而止。
好比阵雨初停，
余下几声零落的干咳。

笑意留在脸上，
你想不起为何大笑。

泡了十次的绿茶，叶子舒展，却没了滋味。
剩茶无味。
还可以加水，再喝。

窗外绿苔努力生长，
始终包不住山石的灰皱褶。

你我心知肚明，
又把乏味的茶汤当成另外一种滋味。

- 朋友到一起，若是没有共同话题，
  便是浪费了自己的宝贵时间。

吃喝不能停

四个人在山顶观看日落，换了四种茶喝。

我们不想停下来。说话不停，吃喝也不能停。

后来，为了不散场，我们转场到山下，找了一家小吃店。

吃元宵、花生汤、年糕、芋头点心，等等。

然后，其中两人建议：咱们去喝咖啡吧！有助于消化。然后再吃烧烤，再喝茶……如此循环。

沉默了一会儿。其中一个朋友叫了车，他要离开了。虽然有点不忍心，可我也得走了。

我走时，不愿走的另外两人，还站在饭店门口，商量着下一步何去何从。

看起来，他们还会找个新地方，继续吃喝下去。

我们离开，就像我们来时，可谈之事仍然不多。然而，夏天的夜晚还很漫长。

● 食物匮乏的年代，只有一盘花生米和一瓶廉价白酒，我们也能聊到深更半夜。现在，纵使酒山肉海，也多是废话连篇。

鸡骨架

很久不见，我们没什么话题可聊，只好谈一些八卦新闻。
为了表示友好，我问：“你要吃个特色鸡骨架吗？”
你看了看我，也没作声。
咱们还用吃吗？“食之无味，弃之可惜。”
这是你对鸡骨架提炼出的实用比喻。

不，我反驳：“要说的话太多，反而是个负担。”
鸡骨架包含了一只鸡的扼要。
用来咂摸味道，却不用吃下那么多肉。

这是个好消息！
你约等于吃了一只鸡，却不会有太多负担。

● 许多难以为继的“友好关系”真没有必要维持下去。既浪费了许多时间，又消耗了各自的精力。

空瓜子

看似珍贵的回忆，只留下了形式，却不包含具体内容。

就像没发育好的瓜子。

我拿起一颗瓜子，嗑一下，空的。

再选一颗嗑，瘪的。

满满一大盒老瓜子，居然没几个好的。

如果不去触碰，回忆看起来完整饱满。

若某一天拿起来查看，就只是难堪。

好比我带了行李兜兜转转，打开一看，其中的财物不知去处。

它们何时变成了沙？而且，边走边撒，在路上漏光了。

仍然很重的手提箱里，只剩下一张字迹不清的物品清单。

● 很深刻的一篇文字，虽短，却使人思绪万千。个人的小历史尚且如此，在人类历史的黄沙中，又掩埋了多少不为人知的过往。

饼干渣

经过一路颠簸，饼干被摔成粉末，
再怎么努力，也没法组成一块完整的拼图。

于是扔在门口，
我把饼干渣倒掉了。

成群结队的蚂蚁们，
相互通风报信。
它们兴高采烈地
运走了我残留的记忆。

蚂蚁当然不会知道
残渣来自怎样的一盒饼干。
饼干来自谁?
某一天，作为礼物，完整的一块饼干又意味着什么?

- 你手里的一点儿残渣却可能满足一只蚂蚁整天的食粮需求。
  弱小生物自有其另类的世界和收获的快乐。

干燥的菜薹

春天的北京有多干燥呢?

炒菜薹，我摘了几朵黄花放在杯子里。它们不会凋谢腐烂，而是直接变成了干花。

我想起戈壁滩博物馆的展品，在干尸肚子里来不及消化的谷物。

湿润是一种比喻，干枯则是另一种。

柔软多汁的生命，迅速失去水分，凝固，硬化，变结实，抽象为一个概念。

它倾向于成为收藏品，而不是活的生命。

冬天，我总备一些橘子，品种不一定。放着欣赏，有时吃掉。

如果我忘记吃，它们就干枯了。

在夏天，它们会腐烂。在冬天，干燥的小橘子，仍然维持着鲜亮的外壳。

它们内部干枯了，外表却假装着：

什么都没有发生。

- 干燥适合于尘封。

若是我们赖以生存的空间突然失去了全部水分，我们成了万古不变的展品，那会是一种怎样的景象？

牛肉干

一天，我坐飞机经过了美国腹地。

透过舷窗，我看清了秃山脉以及灰褐土地上的每条皱褶。

大地在我面前一览无余。没有绿色，没有生命，没有遮挡，也没有肉欲。

一天，我在河西走廊，走在戈壁滩上。

砂砾被晒到翻滚，火一般的灼热让它们无法留在原地。

阳光直射，寸草不生。我身体里的水分迅速流逝，我快被烤化了。

另外一天，我拿起一块风干牛肉。

牛肉干上的沟壑，好比太阳留下的裂痕。

通过观看牛肉干，我重复了一次穿越赤裸大地之旅。

我想吃掉它。

可是牛肉干太硬，就像曾经灼热却早已冷却了的远古记忆。

- 想起一句广告词：地球上的最后一滴水，将是人类的眼泪。

准备早餐

我想起我奶奶，一个活了很久的老太太。

我想起她穿着一件穿了很多年，但洗得十分干净的白褂子。

我想起她准备早餐的背影。在白色小小瓷盘中，她摆好咸菜，几粒花生，再舀一碗粥，颤巍巍地，端上桌。

奶奶抓紧盘子，尽管双手只剩一层布满皱褶的薄皮，包裹着浮现的筋肉和骨骼。

她的动作告诉我，不疾不徐的含义。

如果我们需要迎接今天的命运，那也得用一种尽可能体面的方式。

结局近在眼前，还可以按部就班，迎接新的清晨。

用新洗的干净白盘，盛装我们仅剩的财产。

- 即使身无分文，只要还有节操与自尊相伴，我们会一如既往地顶天立地。

白萝卜

这一个白萝卜，光滑素净，纯洁得就像个胖婴儿。
瓷实，浑圆，这是先天具足的小宝宝。

为什么吃起来有点儿辣？
农民告诉我：
种萝卜时，如果带着愤怒，它就会有点儿辣。
如果当时心情平静，白萝卜就是甜的。

心情好的白萝卜，是温柔的白。
也是冬天清晨的白。

晨曦中，我见到一个母亲，抱着饱满的白萝卜，
远远看，她就像抱着孩子，
走在这浑浊的尘世上。

- 用悲悯之心对待万物，也许就会使这个世界多一些仁爱，少一些戾气。

平常饭菜

你跟我讲，几个月前，你站在急救病房外，通过窗子看着楼下。大街上人头攒动、车水马龙。人们吃喝、谈笑、买东西，气氛热烈，簇拥前行。

照顾病人的下午，休息时，你经常靠在不锈钢窗边。

你回忆说："那会儿，我的期望……只是坐在自家餐桌边吃一餐平常的饭，在自己的床上睡个平常的觉，回到最平常的生活……就完美了。"

过了几天，家人挺过了抢救，你离开了医院大楼。

我们碰面。"感觉怎么样？"

你回到了平常的生活，吃上了平常饭菜。

沉默了一会儿。你说："有点儿没意思啊……最近也没什么胃口。"

- 平常的生活中，看似人人无忧无虑，
其实各有各的不易和难咽的苦恼。
俗话说，家家都有难唱的曲儿。

明年的粮食

小李跟我讲："从前有个男人，通过占卜知道了自己珍藏的花瓶会被打碎。他把花瓶擦了又擦，摆在眼前仔细欣赏。"

我问："后来呢？"

小李说："后来，花瓶还是被他老婆的鸡毛掸子碰到，掉地上，碎了。"

那天，我在小李家，聊起古人的预测，这是她给我举的例子。

我问："那么，预测是否有意义呢？比如，我们预测到了明年缺粮食。如果相信预测，额外准备了吃喝，结果也就不缺。如果准备多了，预测有偏差，多余的会烂在那儿。"

她说："我们早知道吃下去的东西注定变成屎，可我们也绝对不会吃屎。"

后来小李又引用了名言："察见渊鱼者不祥。"人不能太聪明。知道太多，反而不太好。

我觉得这句很好，不过跟之前那些故事没太大关系。

几年之后，我打碎了一只用了多年的饭碗。我试着把碎片重新拼在一起，假装它还是原来的样子，假装我提前知道了它的命运。

我扔掉了它们，并想起关于预测的对话。

- 预知自己的未来，好还是不好，在我的看法中，终无定论。
窃以为，算命者告诉你的未来之事准与不准姑且不论，但太过具体地知道“某时”会如何，也是一件很闹心的事情。不如糊涂一些。

放了十二年的酒

我存了一瓶五粮液，是十二年前别人送的。这瓶酒一直放在厨房架子上，也找不到喝掉的理由。

前两天，酒的外包装碎了。我伸手过去，轻轻一碰，红布口袋成了红色碎片。我用手抓，手指也被染红。

索性喝掉它吧，我想。打开盖子，喝了几次。这种五粮液，度数不高，挺好喝。最后一杯酒，我手一抖，洒出来不少。

晚上躺着看电视剧，我闻到地板上的酒味。洒洒在地上，比喝起来还要香呢。这可是放了十二年的老酒。

过去十二年，我究竟干了些什么？让我好好想想。

我闭眼回忆，就睡过去了。醒过来，只过了十五分钟而已。

我的手指是红的，洒在地上的酒还是香的。

- 20 世纪 90 年代初，有朋友送了我一瓶正牌的莫斯科伏特加。我舍不得喝掉，一直将它高高地置于客厅里书架的上方。十几年后，当我打算请朋友共饮时方始发现，由于密封不严，瓶中物已所剩无几。

由此感悟到，好时光不可错过，好东西应及时享用。

吃坏苹果

每年秋天，我家阳台上堆放着成筐的苹果，是单位分的。

我家吃苹果的顺序，总是先吃品相不佳的坏苹果，留着模样完整的好苹果。

先吃坏苹果，体现了一种乐观主义态度。因为，我们总把好的留给明天，保留了更多希望。

不过，乐观主义的一家人却很难享受到乐观的结果。

头一天，我们吃掉几个坏果子。往后几天，大筐里会陆续出现新的坏果。

于是，我们接着选出其中几个比较坏的，把它们吃掉。

如此这般，我们一家人总在吃坏苹果。

我们持有乐观的愿望，却实践着一套悲观的生活逻辑。

● 确实如此。

在我家里，这种吃苹果的逻辑贯穿于许多事情之中。

比如买了一件时兴的衣服，舍不得穿，在衣柜里挂了许久。等到想要穿用的时候却发现，这一件当年的时兴却变成了当下的过时。

拍摄每顿饭

你拍摄每顿饭，
以证明这些日子，真实发生过。

在工位上吃饭，
在公园里吃饭，
在沙发上吃饭，
在塑料椅上吃饭，
简单的一顿，丰盛的一顿，
热气腾腾，或者，冷了的饭。

记录下来的痕迹，成为你存在过的证明，
哪怕记不得饭菜出现于何时何地。

翻着翻着，你感到充实，又体味了难过。
你的手机相册中，除了食物，所余不多啊。

每一顿饭都是真实的。
而这一顿与另一顿之间，发生了什么呢？
昨天或前天的事，你都想不起来了。

苦

- 活着，离不开吃饭。
  不过如果吃饭为了活着，活着又为了什么？
  少小时能够轻易做出的回答，现在却难以启齿，这又是为了什么？

代可可脂人生

“人生就像一盒巧克力，你永远不知道下一颗是什么味道。”

电影《阿甘正传》里，阿甘妈妈有这么一句经典台词。

朋友送的什锦巧克力，或者糖果盲盒都值得一试。

随意打开，口味都在意料之外。我爱吃的、不爱吃的，也就这么吃下去。

不过如今吃巧克力，得改改这句台词。

打开一盒巧克力，都不知道自己是否真的吃到了巧克力。毕竟超市里的很多巧克力，都用代可可脂制成。

小心看好配料表！

不然，吃了半天，都是廉价替代品，一种虚拟的巧克力。

想起过去日子的荒唐，我叹气，感叹：

悲哀哦，我的代可可脂人生！

- 在我们的生活里，谁知道哪些是真，哪些是假。岂止是吃到代可可脂那么简单。

后厨的秘密

出门吃饭，不要去看厨房，最好想都不要想。
闭着眼，吃下去。
——这就是现代生活，不能细想。
事情的小部分发生在前台，大部分发生在后台。

前台的样子用来展示美好，值得被记住，
而后台发生的事，见不得人，只好选择性遗忘。

● 把眼光盯在后台又能怎样？为了不把自己饿死，干脆睁一只眼闭一只眼，暂且糊弄一下自己。眼不见为净吧！

脆弱的人

河马大嘴一张，一口吃掉一个大西瓜。

小猫吃鱼，整块吞进去，不会被鱼刺卡住。

人却很脆弱，很容易受伤。

人动脑筋，想主意，发明各种工具，用来保护自己的脆弱。

用上了一些手段，人更脆弱。

越保护，越脆弱。

比如，如果不搜索食谱，我都不知道下一顿怎么吃。

我总找不到自己存放的粮食。

可是，即便大雪覆盖大地，松鼠还是可以找到自己的存货。

娇嫩的人类丧失了与生俱来的生存能力。

我甚至得小心翼翼地吃一条鱼！

一不小心，在夜里，我要赶去医院拔鱼刺。

- 人类把自己的生活弄得越精致，生存的能力就越弱。

忽然动物，忽然人

德勒兹在评论弗朗西斯·培根的绘画作品时说：“痛苦的人是动物，痛苦的动物是人。”当某些肉体的痛苦战胜了思想，人就比较接近动物。即便人的思想伟大，也对一些痛苦无能为力。

比如，在莎士比亚的《无事生非》中，贵族里奥那托曾讽刺道：“没有哪个哲学家可以忍受牙疼。”

的确。牙疼嘛，谁疼谁知道。

思想能够减缓更广义的痛苦。通过盯着它看，明白道理，从而缓解痛苦。

而牙疼，难以通过思辨缓解。如果为无意义的牙疼，在哲理上找个高级的解释，会不会好一些呢？

“沉思的人是一种变了质的动物。”这是卢梭的说法。

他返璞归真的主张，让人想起老子的态度。卢梭认为，人的哲学几乎都是变态的。“任何哲学都会从自身的角度导致新的谬误和偏见。”

此话也不能说是错的。

可是，如果去掉所有思考，人就会进入真理状态吗？

难道变成动物，人就会更好吗？

至少鸭子排队的时候，还不知道自己要被做成烤鸭。

但人类也不愿跟鸭子交换角色吧。

事实就是，人无法退化为动物，也无法进化为神。

也就是说，我们所有人，都卡在了中间的道路上，进退失据。

我们一边牙疼，一边沉思。这中间的折磨几乎是双重的。

- 思想的痛苦可以靠“哲学”来减轻，但动物是没有思想的；在肉体的痛苦面前，人和动物却是平等的。在痛苦中获得思想，这也是人类独有的特权和享受。

人间游戏

我去猴山看猴子。

猴子们跳到这儿，爬到那儿，照顾孩子，替同伴找虱子，或者没有目的地跑来跑去。

猴子争抢食物，吃下去。食品变成了能量，它们上蹿下跳，再把能量消耗掉。

猴王只是坐在更高的山头上嗑瓜子，并不高级，也没那么特别。

我看猴子，猴子也在看我。

我也得找一些吃喝，换成能量，再四处活动，消耗自己体内的能量。

只不过，我每天的活动，在复杂的观念系统中被讲得更冠冕堂皇。

好了。我必须走动起来，不要站在猴山前沉思。

我得小心。

看猴子看得太久，我就会开始怀疑人间的游戏规则。

- 在猴子们眼中，忙忙碌碌的人肯定也是一种匪夷所思的存在。

欢宴

尘世生活很短暂，但我还是相信它有可能持久。

尽管理智上明白，“永恒”二字根本说不通，可谁会轻易放弃一桌好饭呢？五彩斑斓的菜肴，装在好看的碗碟里，冰好的葡萄酒也斟了满杯。

推杯换盏，浅吟低唱。

弯眉下的红眼影，酒客胳膊上的花花图案……

人们相聚的热闹气，就是一层烟雾。

夜凉了，这些人偶尔冷场，只剩下几声干咳。

一闪念，我想起：欢宴易散。

桌上吃不完的食品，要倒进垃圾桶。肚中吃完了的食品，隔天要进下水道。

即便有这样的念头，我也要立刻打消。

几位马上笑起来举杯，余勇可贾。

酒下了肚，眼前的气氛就可以欢乐起来。

我总需要参与热闹的生活，尽量去品尝和感受。

要不然，月亮、花和酒，这些美好的事如果没有了我，又有什么意义？

- 记得有本外国小说，主人公每天面对着吃喝不尽的“酒海肉山”，捧着硕大的肚皮直叹气。
  当我走过人生的艰难时期，不再挨饿，面对着碗里吃不下去又舍不得丢弃的肥肉，也会如小说里的富豪一样，叹出一口气来。

会过期的

食物是短暂的，
香味是短暂的。
非常短暂，
再放一放，香气都跑光了。

在有机物的世界里，
过期，是为数不多的必然结局。

一切都会消耗殆尽，
火焰燃烧，变化永恒，
香味随风飘散。

不过，新鲜出炉的，
仍在最佳赏味期。

赶紧吧，
趁早享用。

- 物质的生命短暂，精神的生命却经久不衰。
  在人类璀璨的文明世界里，只有渐次的发展，永远没有过期这个概念。

吃茶去

你总说“生活没那么简单”，但这只是你唉声叹气的笼统说法。

你需要回到最基本的行动，把注意力放在眼下。你需要全神贯注地准备一餐饭，然后吃掉它。

这是很多人讲过的，跳出情绪危机的最佳方式。

或者，你全神贯注，只泡一碗茶。

赵州从谂禅师很久之前就给出了实用的建议：吃茶去。

无论请教什么问题，他都回答：吃茶去。

这并非搪塞。

如果足够专注，念兹在兹，用一个词或一个行动代替其他念头。通过泡茶、喝茶，你就忘掉了自己，困境也就消失不见了。

你说，即便忘掉困境，也只能是暂时的吧。

也许。

但你也可以说：世界，就是由很多的暂时组成。

为什么总在筹划彼时彼地呢？

为什么不在此时此地，好好喝下一口茶？

- 把视线移开，看看水中缓缓流动的波纹，看看天空中飘过的一朵白云，抑或是闻一闻茶盏中的一缕清香，一切烦躁和不快顿时就会烟消云散。

辣

辣是唤起，是挑衅。

辣是改变，是动容，是动情，肚子热闹，不再平静。

辣是一把刀，是一条蛇。

辣，是一种浓郁的疼，可人们却偏偏迷恋这种疼。

吃辣

辣不是味觉，而是一种疼痛。
但辣的痛感却让人痴迷。

吃辣几乎是一种自虐行为。
可谁能说清楚？
你居然如此深沉地爱上了这样一种疼。

一口热辣下去，一股热浪穿过你的身体。
大汗淋漓，脸蛋发红，身体发热，心跳加速，
就像吞了一团火。

辣味就是一种挑衅吧。
把你从平和、惬意的状态中唤醒，
感官震荡，神经放电，心口刺痛。

你摇一摇热辣的小铃铛，唤醒驽钝的感性，划开平静的皮层。

你提醒着自己：小心哦，不要被按部就班的生活淹没了。

热辣的小铃铛，不总管用。

如果你经常摇它，也就听不见什么了。

- 辣是一种口味中的霸道者，它容不得其他味道超过自己。
从这个角度出发，我对辣在其中的食物常有一种警觉之心。
若是人的味蕾长期受到辣的刺激，必然要丢失许多细腻、优雅的享受。

茼蒿

茼蒿气味浓郁，
味道实在特殊，难以形容。

虫子讨厌这遗世独立的气味，躲得远远的。
种植茼蒿甚至不用打药，
它的气味天然驱虫。

这种让虫子都讨厌的素质，
反而成了我喜欢它的原因。

- 特立独行者，常常不受人待见。

血红的牛排

在餐馆点牛排，你得先提出烹饪要求：三成熟、五成熟或七成熟。

吃新鲜牛排，带血红色是必须的。很少有人吃全熟牛排，那还不如来一份牛肉干或炖牛肉呢。

牛排的血红色并不是血，它们是存在于牛肌肉组织中的肌红蛋白，

但重要的不是血色的客观本质，而是它带来的关于原始力量的联想。

罗兰·巴特曾有论述："牛排和葡萄酒一样，都隶属于血红色神话……处在纯粹状态的肉，不管何人食用了，都会吸收公牛的力量。"

吃红肉，喝红酒，再擦擦嘴。在雪白色的餐巾上，留下血淋淋的印记。

看吧，这是文明人所剩不多的野蛮幻觉。

● 血性，是形容一个男人的理想样貌。理想中的男人应该是正直、刚烈、见义勇为的。
但是，在现代文明中，血性常常被隐藏起来，因为有血性的人在许多地方并不受欢迎。

嘴巴与魔鬼

“为了防止恶魔从口部进来，在嘴巴的周围，涂上恶魔最讨厌的颜色。”

寺山修司曾这样描述口红的功能。

小心保护你的嘴巴，以防魔鬼进入哦。

但我觉得重点正好相反：人体内的魔鬼，更有可能从嘴巴跑出来。

信口开河，口吐莲花，让人如此快乐。

尽管竭尽全力，我却没法管住自己。

“我得积点口德吧！”

只要兴致一来，我就管不了那么多了。

威力最大的口红恐怕也管不住自由的魔鬼。

跟着晚餐的啤酒、薯条，混进肚子。

它们在我的身体里逐渐长大。

过些日子，在我聊天时，味道辛辣的魔鬼有机会爬出来。

正是如此，我又刻薄起来了。

- 恶毒的话语如一把双刃剑，既可伤害对方，同时又会伤害自己。

新刀

我向远方的朋友展示自己买的新刀。

刀的两侧刻着名为“大马士革”的灰色花纹。

“你看，这刀真不错。”

至少它是全新的，看起来十分锋利。

我挥刀，砍掉了大鱼的脑袋，果然干净利落。

让我想想，还能切点什么。

切葱，切肉……拿着一把新刀，我还不想放下。

这是一把刀最好的时候。

我担心它很快就会黯淡无光，锋利的时期不会持续太久。

刀锋是个诱惑，我的手指划过闪亮的部分。

我小心翼翼，轻轻接触。

尽管如此，崭新的刀锋，也会在想象中造成一些伤害。

- 只要你手中有把刀，就总会想着用它切掉一点儿什么。

毒药

看，这棕色瓶子的标签上写着：有毒，危险。

毒药标识是一种潜在威胁，代表释放毒害的可能性。

我把瓶子摆在架子上。尽管无法验证，它标签上的警告仍有震慑力量。

一瓶过期的毒药，还算不算毒药呢？

或者，在警告的标签之下，实际上只装了自来水。

有一天，我会介绍：昨日的危险已挥发。

现在的严肃问题是：

一瓶挥发了的毒药，谁知道，它是不是真的有毒过？

● 在某个特定时期，偷看有毒之物需要冒很大的风险。弄不好，是要付出高昂代价的。时世变迁，斗转星移，不觉间某些“毒草”又变成“香花”，这也是常有之事。

蛇

三年前的一个晚上，我在武汉喝过一杯鲜蛇血兑的白酒，还嚼了一颗蛇胆。

咬破毒蛇的胆，十分苦，掩盖了蛇血的腥味。

我梦见一条黑蛇，有我身体的几倍那么大，它正从悬崖上爬下来。

我投掷硬币干扰它。黑蛇向我爬过来，吐出红舌头。

我蹲下去，看着我扔出去的硬币在石头之间滚动。

醒过来后，我有些胆怯，但还挺开心。

想起里尔克说过：倘若我的魔鬼离我而去，我的天使也会不翼而飞。

我的魔鬼还在，以一条蛇的形式住进了我的身体。

我被毒血浸润，还在梦里猜测落下来的硬币的正反面。

我的天使呢？不见踪影。

她也许在后院山坡的一颗蛋里，正要长出羽毛。

我需要另一个梦，来见识她的美丽。

● 天使与魔鬼共济，善与恶同行。
若没有蛇的诱惑，人类不会带着原始错误来到这个世界，而这个世界也不会有如此多彩的故事发生。

毒蘑菇

好看的蘑菇，多数有毒。

比如红的、绿的、墨黑的、靛蓝的、青紫的……

据说某种紫色的蘑菇毒性最大。

毒蘑菇的有趣之处在于，它们同时具备两种素质：好看，不能吃。

它们的吸引力来自外表与内在的矛盾性，

毒蘑菇的样子符合美的原则，却不合乎胃肠的要求。

毒蘑菇有可能制造幻觉，这对人的理性提出考验。

理性主义者只好这么说：

保持距离！

那些长相可爱、迷人的，不见得都吃到肚子里吧？

可是，漂亮的，总有吸引力。我还是很想吃掉它们啊。

- 口蜜腹剑的话，很受用，却可能是为你量身定制的陷阱。

吃虫子

联合国粮农组织号召人类：少吃肉，多吃昆虫。

昆虫繁殖快，蛋白质、脂肪含量高，需要的饲料相对很少，排放污染更少。

我在云南吃过蜂蛹、竹虫、蚂蚁蛋，在广西吃过蟋蟀和蚂蚱。不过我认为，这些虫子的能量都比不过跳蚤。

跳蚤那么小，却可以跳很高。

我专门查过，跳蚤体内的蛋白质含量高得惊人。

下一步，跳蚤可能成为人类的时髦健康食品。

这样，人类只要使劲一跳，就可以摆脱地心引力，遨游太空了。

- 这样一来，如果铺天盖地的蝗虫涌来，我们都将为这不期而至的盛宴欢呼。

桑葚

春天，我吃过一盆桑葚。
我的手指，是黑紫色的。我的舌头，是淡蓝色的。

夏天，我为打印机注入各色新墨。
我的手被染上了红、黄、蓝、黑，四种色彩。
食指上的蓝指甲，让我想起了春天的桑葚。

彩色照片打印出来了。
就像我亲手为它们上了色。

我抚摸图像上的人物和景色，
就像抚摸春天新鲜的桑葚。

人和物，色彩仍然鲜明，却只是记忆之色。

- 记忆中的色彩往往比真实的色彩更动人！

红辣椒

我拍了一张红辣椒的照片。你走过来，指着照片，说："这是个红辣椒。"

"不，我反对。这不是红辣椒，这是一张红辣椒的照片。如果变成照片，它就不再是红辣椒了。"

你摇摇头走了。

你读了我描写的红辣椒。你问我："当初的红辣椒是不是很红？"

文章里的红辣椒？我不知道。我无论如何描写红，都不可能是当时的红色。

红辣椒是词语，它也可能是鲜艳之色或某种弯曲的图形。

如果把红辣椒当成谜语，谜底也可以被新的象征物所取代。

故事中的红辣椒无法凝结为具体之物。

我没办法告诉你它是否真的红，或真的辣。

● 当一个物体被引入画面，它就脱离了原有形象的含义，它只是画面中不可分割的一部分；当一个物体的名称被织入一句诗中，它也就脱离了自己原有的语义，成为这首诗歌整体气氛中的一抹亮色。

浓缩果汁

如果你吃惯了化学药粉调制的重口味浓汤，那么真材实料在你嘴里反而会太寡淡。与假材料相比，“真实”反而显得太假了。

电视剧的情节不断反转，广告片中的情绪夸张，小视频的笑点如此密集……

屏幕万花筒总变出眼花缭乱的新花样，如此反衬了你人生的寡淡。

你的快乐或悲伤都缺背景音乐，高潮场面缺少铺垫，你只看到单一视角，没有切换镜头。与精心设计的影片相比，无论是你生活中的搭档，还是你本人的表演，大都差强人意，因为所有段落，只拍一次，不能排练。

既然你不满足于平淡，就需要刺激效果更强的新美学。

浓密且虚假，稠密且强烈，鲜艳且量足……

符合时代标准的，当然是超级浓缩果汁。

它可以加水稀释几十倍，只需一滴原料，就可以满足几十万人的需求。

- 假作真时，真亦假。
  假的看起来更美，闻起来更香，吃起来更有味道。
  假的招摇过市，真的向隅而泣！

火腿肠

虽然叫火腿肠，但是并非所有火腿肠中都含有火腿，也可能只含有淀粉。

火腿肠的造型确定之后，其中的内容就开始发生变化。它的概念比实质稳定。当人们接受了一件事情的外形，就不会质疑实质。比如，你站在街边吃烤火腿肠，很少会产生质疑：我吃的究竟是什么?

老婆饼的“老婆”退场了，至少它还是个饼。

过桥米线的故事讲完了，过桥的人不见了，还剩下米线。

最终，火腿肠可能彻底扬弃了火腿。

一旦去掉了实质的负担，新食品就得到了解放。

比如，用鸭肉替代了羊肉的“孜然羊肉”，随意得就像一首自由诗。

- 好名声不是炒出来的，物品的价值不是靠外在因素得到的。把精力放在表面，终有“露馅”的时候。

无糖可乐

无因咖啡、无醇啤酒、脱脂牛奶、无糖可乐……

这些产品的相似点在于删除或替换了核心内容，改变了原来的内涵。

人们还是容忍了这些偷换行为。

我们甚至参与了欺骗。用“对我更好”的健康说法，来欺骗感官，安抚感性。

无糖可乐，尝起来还是甜的呢。

对于驽钝的人来说，改造食品的口味也差别不大吧。

当代青年对无糖可乐表示欢迎。

根据相似的原理，大家同样默认了没有爱的婚姻关系。

没有爱，只有爱的替代物。

加入了代糖，尝起来还是甜的！同时避免了不必要的情绪消耗。在改良的关系中，你的脸色还越来越好了呢。

- 人们若是习惯了虚假，那真是一个可怕的事情。
虚假的友情，虚假的爱情，虚假的幸福感……
整天泡在虚假的生活里，这种日子还有什么过头！

本质的食物

米线与米饭的本质相同，但不能相互代替。面条与面包，土豆泥与薯条，豆浆与豆腐同样如此。

人活着，真正好玩的部分，都体现在不同形态的差异性之中。

有预测说，未来之人，不再吃具体食品，他们只吃本质——每日所需营养的各式提取物。

好比电影《黑客帝国》。活在“真实世界”的人，每餐吃一盘营养浓缩的“黑糨糊”。而活在虚拟世界的“梦中人”，却在享受活色生香的大餐。

要我每天吃营养齐全的黑糨糊吗？那我宁愿不醒过来。

由于贪恋美的各种形式，我没办法过上“本质生活”。

一棵长得很大却没有弯曲的树，效率很高，即便它很茁壮，也对我缺乏吸引力。

● 我打心眼里厌恶这种抽象食物。
虽然营养齐全，让你生命无忧，即使能使我多活上一百年，我也决不接受！
这种被“圈养”的生活与鸡鸭无异。

营养餐

营养餐，加工少，确保营养丰富不流失。不过，一般不太好吃。

好吃的饭菜，让人食欲大开，却不太健康。

好有一比：

有感情的聊天，充满语气词和废话，都没什么内容。

而内容扎实的聊天呢，大多缺少感情。

● 外表华丽的食品未必营养丰富，外表华丽的语言未必承载深刻的思想。

牡蛎

小时候读法国小说，我读到故事里的男女主人公经常吃牡蛎。

什么是牡蛎？听起来好高级！当时我想：牡蛎一定是一种非常高级的食品。

后来我才知道，所谓的牡蛎，就是人人都能吃到的海蛎子。

我去南方旅行，当地人告诉我："你们说的海蛎子，在广东叫作'生蚝'。在台湾小吃店，叫作'蚵仔'。"

牡蛎、海蛎子、生蚝、蚵仔……难道都是同一种东西？这让我感到疑惑。听起来，它们的格调如此不同。

同一个东西，不同的名字，差别就那么大吗？

这不是食物味道的差异，而是不一样故事的味道。

● 同样一件东西，在法餐中被尊为贵宾，在中餐里又沦为大路货。
这差别，怎么就这么大呢？

章鱼

我曾在电视上看过一个故事：一条雌章鱼四米长，产下十万个卵。这个故事讲述了章鱼妈妈如何将葡萄般的卵悬挂在海底洞穴的岩壁上，如何耐心地为这些卵喷水保持清洁，如何寸步不离地守在洞中。

卵孵化之后，章鱼妈妈累死了。

哦，一个伟大母亲的故事！

可在我意念中，这个故事却散发着烤章鱼的香味。

麻辣，还是咸鲜？无论哪一种，不道德的想象，都让我感到惭愧，也令我垂涎三尺。

我只好承认，自此以后，我再也无法理直气壮地阐述任何道德哲学。

- 在把各种动物当作美食之前，人类往往会加上很多悲悯的色彩。在尽情享用这些美食时，所有人又会暂时忘掉这一切。

榴莲

榴莲，被称为“水果之王”。
何以称王？味道浓郁啊！
远远地，传来一股刺鼻的浓烈味道。

人们对它要么爱得天天想念，要么恨得咬牙切齿。
面对这种个性鲜明的角色，任何人都不会没感觉。
只要榴莲上桌，两伙人，就难以共处一室。
泾渭分明，势不两立。

“汝之蜜糖，吾之砒霜。”
天生的争议，无法忽视的存在。
色彩鲜明的特异者，从不中庸，这才称得上是王者。

- 这种把香与臭集于一身的果品颇有一些哲学意味。它告诉我们，判断世界上的事物，不能非黑即白。

不辣的麻辣烫

被改良之后的东北版本“麻辣烫”，不麻、不辣……甚至也不烫。

底汤放麻酱，咸鲜口味，可以喝掉，约等于一大碗煮菜。

可是，唯有这种“四不像”的中庸食品，才有机会风靡大江南北。

凡是流传广泛的餐食，都在不断妥协、退让，去掉尖锐的个性要素。

经过改良，流行菜品的口味更趋近于多数人能接受的“最大公约数”。

再看开在外国的中国饭馆，其中多数只是打着中国菜的旗号而已。

所谓“正宗中国菜”，只是当地人能接受的正宗。他们认为这些菜风味特殊，吃起来又跟他们能接受的惯例偏差不大。

演化到最后，特色菜失去了特征：改良的麻辣烫徒有其名；所谓的中国菜，也只剩下一个称号。

不过，唯有失去了特征，这些餐饮生意才有机会发展壮大。

- 菜品在口味上减弱个性，向多数人的口味靠拢，这是个商业问题，无可厚非。
  若是这社会上的每个人都被减少了自己的个性特征，那么，这个世界必将变得索然无味。

谨慎使用

爱上一个好菜，我不想连续吃。我怕上顿吃了，下顿再吃，容易吃恶心了，让热爱的好菜成了仇敌。

听音乐，我怕单曲循环。一首好歌，不要听多了。放在一边，过几天找出来再听，就像一首全新的曲子。

其他种种，诸如交谈、看景、闻香、漫游之类，都应设置一个适度的间隔，适可而止最好。

经济学家提勃尔·蔡陀斯基总结道：“快乐源于欲望的不完全和间歇性满足。”

想保存一些不太尽兴的念想，就得谨慎使用，浅尝辄止。

免得最后腻了，无味可品。

● 浅尝辄止，有如乐曲中的休止符。有了它，生活中的诗情画意才能得以体现。若是彼此不分你我，整天泡在一起，说话没深没浅，看似亲密无间，但实际上这样的热情大概也不会持久。

保持饥饿

饥饿的人，就像捕猎的豹子，对任何风吹草动都敏感。

吃得饱的人，闻到食物的香气，恐怕会视之为无物吧。

比如去外国大博物馆参观，我身处美轮美奂、数不胜数的藏品中，太多的美反而引发了我的焦虑。可看的东西太多，这让我感到不安，反而减弱了我的好奇心。

一旦无法处置过剩的视觉营养，认知系统就会自动关闭，使我进入“视而不见”的冷漠状态。

如果吃得太饱，逛食品店，闻着香辣的味道，我就会觉得恶心。

我盼着赶快走出去。

乔布斯的建议是：保持饥饿，保持愚蠢。

我知道，追求简单的人，为了保持敏锐，会少看，也少听。

如此，轻量的刺激，也会是震撼的。

- 保持饥饿，可以获得进食时的快感；保持愚蠢，让人看到什么都会觉得新鲜。

火锅

火锅的特色，首先是保持了热气。

如果冬天吃炒菜，菜很快就冷了。对社交来说，冷下来，不是个好征兆。火锅的热烟，保存了热络的气氛。火锅热火朝天，人七嘴八舌，不会冷场。

其次，火锅的内容是丰富的。

肉、菜、海鲜、豆腐……混在一起，统统放进了热锅。捞吧！怎么都能捞上一些不一样的东西。捞上来什么，就吃什么。

吃火锅，还涌动着一股急迫的味道——亲朋好友争先恐后，捞着锅里的食品，就怕抢不到一口热的。

“火锅，才是最具有象征意义的中国饭。”我向新来的外国人这样介绍。热烈、短促、快速、混杂……火锅是我们的大熔炉。

这样的火锅宴，可以不停地吃。从中午到午夜，吃撑的人还没有偃旗息鼓的迹象。

我们仍然保持着充足的激情，搅动热汤，努力寻找、打捞。即使不太饿了，也可以再吃一口融化了的莲藕，或者最后下锅的青菜。

- 火锅这种吃法，充分体现了中国人的人际关系。
  人与人之间模糊了边界。热气腾腾中，无须提防，没有隐私可言。
  你的就是我的，我的也是你的。四海之内皆兄弟，有福同享，有难同当。

吃香喝辣

过年过节，让食物填满肠胃，我的忧愁、焦虑，暂时被挤出去了。

胡吃海塞，进入“退行”的状态中，我成了纯粹的动物。

当然，所谓“动物状态”，这么说也不见得恰当。

动物不过节，更不会找个冠冕堂皇的理由大吃大喝。

人，经常过节，总有充足的理由，额外放纵一下。

过年的宴席，要准备天上飞的、水里游的、地上跑的。

各式佳肴，最好包含美好寓意。

丸子、圆子，意味着“团圆”；

猪蹄，鸡爪，象征“抓钱”；

年糕，祝你“年年高升”……

菜太少，吃完了？这不合规矩。

饭菜吃完了，不吉利的。一定要有所剩余，“年年有余”。

过量供应，是过年吃饭的起码要求。

放开肚皮，尽情吃喝，这是非理性的盛大仪式。

人们创造财富，然后，尽情耗费。就像巴塔耶所讲的

“献祭”：用大规模的耗费行为消除日常生产的过剩。同时，用“耗费”来召唤更多的“过剩”。

换句话说，过年的仪式，我们以吃喝为诱饵，招呼更多吃喝。

希望在即将到来的新年里收获更多剩余，得吃得喝，吃喝不尽。

● 物资贫乏的年月，人们希望过年时体验一下富人的生活；不缺吃喝的时候，又希望在这个时候体验一下贵族的生活。

把年过完之后，该干啥干啥，依然故我。

辣条

即便农村小朋友口袋里只剩一块零花钱，也要买一袋“三无”辣条跟新朋友分享。

为什么辣条受欢迎？因为口味重，而且极便宜。辣条嚼起来有弹性，油乎乎的，甚至比廉价棒棒糖性价比更高。

你说辣条不健康。不然呢？难道让乡村儿童迷上瓜果蔬菜吗？

这些健康食品，他们家的菜园子里种了不少呢。

相比之下，辣条几乎是这些孩子负担得起的最高级享受了。

便宜，刺激，还可以吃很久。

只不过，这种辣条传达的善意，让人吃不消啊。

农村小朋友，为了城里来的小朋友慷慨买单，花光了积蓄。

城里来的小朋友，吃了一包辣条，之后拉了一天肚子。

- 吃辣条拉肚子与吃辣条不拉肚子的孩子，来自不同的生存空间。

梦之蓝

一群长辈围坐在桌前，回忆童年生活，谈论他们颠沛流离的往事。

我喝了两杯，拿起酒瓶端详。

瓷瓶的白底上，有深蓝的波涛泛起。浪花线条坚实，刀刻一般果断。冷眼看去，浪花好像山峰的一种，也比得上太湖石的棱角。

一只蓝鸟展翅，与浪花同色，在虚空之中翱翔。

我想起白天看的山水风景。

用王维的诗来形容：江流天地外，山色有无中。郡邑浮前浦，波澜动远空。

喝酒是可以做梦的。黑夜里做了白天的梦，在白瓶上做了无中生有的梦。

虚假的波澜，却摇动着故人的远空。

我们仍然聚在一处，把酒杯斟满。

喝着同一种酒，谈着同一种话。我们用同样的词句抒发感慨，却做着并不重叠的梦。

● 回想起来，我很少有美梦可做。经常梦到的是不小心掉进一个粪坑里……

酒杯中的月亮

如果你独自喝酒，晚上的时间会变得很长。

夜晚是一次逃逸，眼前明明暗暗。

绵延感受，仿佛梦中漫游。

声音沉降，世界熄灭，

开头和结尾，在黑暗中沉没。

只有深蓝色溢出。

杜拉斯说，酒能够填补我们身上的空洞。

其实，酒难以填补空洞。何止难以填补，甚至又挖出新的空洞。

负形的空洞，化成活动的幽灵。

月夜独酌，“对影成三人”，不仅仅是个比喻，而是十分真实的描写。

出来跳舞的影子，就是你身上的空洞。

那天谈到“水中捞月”，也并非一句酒话。

酒杯中的月影，却是李白忘记写的，赶来参加酒局的第四个人。

- 在喧闹的日常里，能获得片刻的孤独与寂寞，这也是一种诗意的享受。

我爱打嗝儿

打嗝儿很不规律，让你猝不及防。

认真憋一口气，却算不准下个嗝儿的到来。

在严肃场合，众人正襟危坐，都在沉思。我忽然响亮地“咯喽”出来，就像一声惊叹。

打嗝儿是吃喝的余波。

吃得太快，容易打嗝。

喝气泡水，也打嗝。

或者还有很多别的原因，比如紧张或生气。

这因人而异。

打嗝儿就像身体发动的小小挑衅。

嗝儿，

清脆地跳出来，打断了严肃叙事。

嗝儿，

难阻挡，更体现出它的可爱。

● 小时候，我曾确信大人物绝不可能如常人一样地打嗝儿、拉屎、放屁。随着年龄的增长方始明白，我们身上的一切生理现象在他们身上也都同时存在，只不过发生的场合不同。

刺

有人不知道鱼有刺，也许他一辈子吃的鱼都事先去掉了刺，

或者他只吃鱼丸。

有一次，他发现了刺。哇，这可是个惊人的发现。

玫瑰有刺，有人不知道。

栗子外壳有刺，就更稀奇。

别忘了仙人球，它长得很慢，但浑身都是刺。

（某个表现痛苦的电影段落，主人公忽然握住了仙人球。）

关于刺的事，你不知道的还有很多，比如熊的舌头长满肉刺。

水中央暗流下有漩涡，

路上有绊脚石。

有人没走过夜路，也不会惦记暗处的坑。

如果，我们一直走在光亮的地方，

如果，没有被鱼刺卡过，只吃炒熟的栗子，忘记了仙人球。

如果这样，我们就会天真很多。

对啊，你记得吗？我们原本都天真过。
那时候，我们甚至不知道别人眼里也带刺。

- 世上的“刺”或“坑”，若是自然所为，其实并不可怕；但若是人眼有“刺”，再为你量身制作一个“坑”，而你却浑然不觉，那就不是“天真”者能轻易承受得了的事情了。

麻辣在远方

塞涅卡一直劝他的学生辞职，回家赋闲。他在信中写道：“你从一地漫游到另一地，想驱除内心的痛苦，但你无止境的游荡只会将其加重。”

塞涅卡的意思是，不要做胃的奴隶，也无须寻求旅行或爱情的新刺激。无论视觉或者味觉，新刺激都是危险的，也是虚幻的。

可是，你仍然想出发，追逐新的幻影。

旅行中的你，品尝新口味，找寻新刺激，你尝试在家时永不会碰的麻和辣。

如果出门久了，你又怀念旧味道。心心念念，就想吃一口家乡的食物。

有一天，真的吃上了，你多半会摇头，叹气。

你想着要回去。

可是，一旦回去，往日的幻影就不见了。

你朝思暮想的味，又不是味了。

只有在远方，家乡才是最近的。在家时，家乡很远。

- 一个人永远不可能两次进入同一条河流。过去的一切不可能被复制。在吃腻了“新”时，“老”又便变成了新。在艺术创作上，也应是同样的道理吧。

咸

淡是轻浮的，而咸是沉重的。

咸构成了世界的基础，因为大海一眼望不到边。

咸，是重复的日常，是囤积物，也是压舱石。

咸，是混合、沉淀，也是度过艰难日子的耐心。

生命之盐

“你是我的生命之盐。”
——这种倾诉未免过于浓郁。
吃饭不能缺盐，可也不能放太多。

一袋盐，全倒在饭碗里很咸。
但如果撒进江水、湖水里，却几乎没有影响。
这就是所谓“相忘于江湖”吧。

水具有治愈功能，因为它可以让事情淡化。
江里、湖里，水深、水多。
天地广阔，人与人的邂逅也是淡的。

- 为什么时间可以治愈所有烦恼?
因为它是可以稀释一切的、更加广阔的江河湖海。

硬心鸡蛋

煮个溏心蛋，很难。
蛋黄半凝固，半流动，
多一分钟，或一不小心，它就完全变硬了。

转变在瞬间发生，
鸡蛋内部，一旦硬了就不好办。

软的心，荡漾着。
煮硬了的鸡蛋，再也没法变软。
惊心动魄的变化，就在毫厘之间。

- 同理，人心的变化也在反掌之间。
  硬心鸡蛋有如失落的心，很难重新变软。

鲭鱼花纹

Patience is very important now.

“耐心如此重要”，一首歌里这么唱道。

我晚餐烤的鲭鱼，也有耐心。

它们（鲭鱼不断复制的祖先）曾穿过海浪，也需要几千万年吧？

吃了无数浮游生物，游了几亿公里，鲭鱼身上才有了笔墨书写的痕迹。

几朵花等了整个冬天，开放七天。

一棵松树长了十来年，结出大一些的松塔。

树下的一块石头，恐怕得有百万年的耐性，熬过沧海桑田，才有机会晒在阳光下。

据说，好事情最终属于那些善于等待的人。

我赞美时间，收集时间的痕迹，

如此过了这么多年，却仍然缺乏耐心。

- 世间的事物，都有自己的“年轮”。一朵花开了又谢了，与古生物变成“琥珀”相比，不过是眨眼间的事情。不论时间长短，每个变化的过程都有它们自己的美丽。

一堆骨头

吃完晚餐，我家几口人面前堆着各自啃完的骨头。

很小的时候，我就想：该怎样了解谁吃的肉更多呢？

骨头是晚餐的证据，但我不能从剩下骨头的规模来判断谁吃的肉更多。

我的不可知论，从一堆骨头开始。

我读过一些书，可我没办法通过书上的词语了解作者“吃下的肉”，也难以通过肉的特征来了解曾活过的猪或羊。

他们给我讲了很多事情，但我不相信。他们越是言之凿凿，我就越不相信这是事情原本的样子。

至于夜空中的星星，我怀疑，它们仅仅是深蓝幕布上扎出来的几个孔。

小孔透露了来自外边的亮光（也许是内部的）。

我只要活着，就会一直猜测夜幕背后有些什么——那些可以畅想却终究无法触及的存在。

- 是信还是不信，真是难以判断。只好有时候信，有时候不信。
  采用不信的时候，还常常自责，这是否又是一次误判。

一碗稀汤

在晚年，康德面对一碗稀汤，抱怨说："（汤）上面的海洋太多了，缺少坚实的陆地。"一看到饭后甜点是布丁，他又惊呼："我需要有形的东西，有确定的形状！"

一盆稀汤，在流动中，融化了一切。也许包含了营养，却无法切实把握。

喝汤者无法用牙齿或舌头锁定具体的食材，只能凭借想象力把握其中的抽象。

况且，当代的一盆稀汤，有可能就是由调味料配置而成的。

想起前些年，我在洛阳吃过一次"水席"，全是汤汤水水。同行的各位纷纷摇头：灌了个水饱。

又想到，初到南方的北方人，对去掉了鸡肉或骨头的清汤不以为然。如果缺少明确的物证，怎么说明鸡或猪真的在汤里存在过？

喝进去，咂咂嘴，似有似无……
灌个水饱，过不多时，又饿了。

这种后现代风格的稀汤，如梦似幻。对追求实在的古典思想家来说，真让他们忧心忡忡哦。

● 可以嚼食的东西太过具体，鸡是鸡，
鸭是鸭，泾渭分明。
汤是饮食中的抽象。有如绘画中的留白，留给观赏者更宽泛的想象空间。

豆腐和皮蛋

有一种说法，豆腐起源于炼丹。盐卤或石膏不小心掉进了西汉淮南王刘安的炼丹炉，成了豆腐。

黄豆变成了吹弹可破的嫩滑豆腐，这是一次飞跃。

刘安的长生丹药不见得成功，但的确转化成了一种新东西。

皮蛋也不错。

在生石灰、草木灰、纯碱等原料的陪伴下，只需一个多月，新鲜鸭蛋就变成了一枚陈年琥珀。

写东西的时候，我想起了豆腐和皮蛋。

我把一些生活经验放在桌面上，再随机加进一些什么。

假以时日，我期待着意料之外的结果（又不知道那会是什么），就像期盼着生活的日常转化为奇迹。

- 把一些不相干的元素“搅拌”在一起，突发奇想，打破循规蹈矩的固有想法，使其重新构成。

这种创新思维能力才是最宝贵的。

回锅菜

重要的故事，最好用清淡的方式叙述。

如果它本就包含了足够大的信息量，就保持原汁原味，不需要额外添油加醋。

或者把菜放一放，第二天回锅加热。

隔一天，拿出旧素材，重写一次，重组的句子失去了兴冲冲的劲头。

加热之后的回锅剩菜，分量小了不少，有一部分已经融化，

剩菜的样子更暗淡、朴素，不过味道更浓。

浓缩之后的回锅菜，咸一些。重写一篇文章，经过沉淀，增加了新的层次。

不过，回锅的故事告别了原汁原味。

● 这与绘画中的写生是同一个道理。
在现场的氛围里，作画者被其中的
光感、色彩和形体的流动所感染，
虽只是寥寥数笔，却绝不是过后在
画室中能够轻易得到的生动。

面条

北方有俗话:“上车饺子,下车面。”

上车饺子,出门保平安、祝发财。下车吃面条,想用面条“缠住”归来的亲人,不让他们离开。

未来主义者马里内蒂认为,意大利人要想摆脱过去的束缚,必须消灭面条。

他说:“面条……缠绕意大利人,羁绊他们。”人们行动迟缓的主要原因,来自面条。

面条很长。不过,只要多煮一会儿,就软了。

真正难以咬断的,是朝鲜冷面。

一旦开始吃一根冷面,就只能一直吃进去,直到这根面条的尽头。

你和我,面对面,吃冷面,经常尴尬。

面条咬不断,如果往外吐,不太合适,只好一直往里吸。

剪不断,理还乱。

一起吃过朝鲜冷面的人,见过了彼此的狼狈。

我们之间的爱恨羁绊,也连绵不绝。

- 世界上的面条大概都源于中国。
  这里的人讲亲情、友情，讲不离不弃，讲缠绵不绝，互相的关系也比较黏腻。

乱炖

一锅东北炖菜的基本要求是热且烂……应有尽有，相互渗透，浓郁黏稠。无论是肉还是菜，是土豆还是茄子，在大锅浓汤里，不分你我。

通过蒸汽导热，蒸锅里的食物不用浸没在汤里。蒸菜象征着完整、独立。

炖菜呢，反对个性，拒绝细腻叙事。

自从爱上了乱炖，我们的关系也变得黏糊糊。

每次陌生人在街上相互搭话、寒暄，或者夜晚的酒局久聚不散，大家用车轱辘话互相吹捧……在这些时候，我都想起一锅乱炖。

如果我们总泡在一起，就适合吃一锅乱炖。

我们之间缺乏距离感，好比热情而含糊的一锅炖菜。

● 东北人都挺亲切的，不过，我也受不了自来熟的人。

浓情者与薄情者

我遇到过薄情的人，也认得浓情的人。

薄情者胃口好。吃大口，不多嚼，消化快，吃八方。

浓情者挑剔，太懂得好坏，总念叨去年嘴里嚼过的一口。

薄情者记性差。好坏记不住，也没多余的深刻眷恋。

薄情者烟消云散，浓情者烟雾缭绕。

薄情者长寿。嘴巴不留情，耳朵贯通，心不留痕。

浓情者，杀敌八千，自损一万。外表好好，内伤都淤在五脏六腑。

我遇到过薄情的人，也认得浓情的人。

据我所知，一种人很难变成另一种。

- 由于世上各色人等无法用标签加以区分。故此，很难轻易判定一个人的道德属性。
  觥筹交错时意气满满，彼此认定可交付终生。大难临头时，弃友而逃者有之，卖友求荣者有之。在关键时刻，薄情与浓情立分伯仲。

你吃饭的样子

谈到性格，我建议你看看他们怎么吃饭。

你看这人吃菜，每盘菜吃一点儿，换着吃。也许他从不想把自己所有的感情投在一处？

你看，另外一个人，他只盯着一个菜，如果觉得好吃，就一直吃。对事、对人，他大概更执着一些吧？

挑食的你，不吃韭菜、茴香，以及所有味道大的食品。你是敏锐、细腻的，总能体察一件事的精妙之处。

不挑食的我，比较粗放，但浮皮潦草，对许多事情只能说个大概。

挑食的人有细致的要求。这些要求会延伸到生活，以及道德领域。

吃的杂，不容易闹肚子。好处是好养活。缺点呢？也许是，容易背叛。

● 不同的长相，不同的性格，不同的吃相，构成了异彩纷呈的人间世界。由于不同，这个世界才显得可亲可爱。

咸人与甜人

选甜豆腐脑，还是咸豆腐脑？咸粽子还是甜粽子？甜月饼或咸月饼？

咸与甜，哪个才好？你们一旦谈起来，就吵成一锅粥。

平时看起来不悲不喜的朋友们，脸色也变了。

双方剑拔弩张，捍卫各自偏爱的甜和咸。其坚定程度，如同捍卫某种信仰。

最大的争议，居然是甜和咸的口味之争。

说来说去，这事哪有道理可讲？

如此看来，吃不到一块儿的两个人，很难亲密相处。

只能客客气气的，避免触及灵魂。

在人们的灵魂深处，至少有一个分岔路口、一个说不清的起点。

甜人与咸人，在他们的心口，早早就标记了不一样的形状。

- 越是无能，越是要在鸡毛蒜皮的事情上争执不休，扯得像学术争论一般。

点菜

以前在公司，中午吃饭，我都是负责点菜的人。

同事们都说我会点。我的诀窍只有一个：快速点菜。七八个人坐在一起，总会有各种犹豫和争执。我从不询问大家的意见，很快就点完了。

那么，我知道他们想吃什么吗？

我从不知道，也不需要知道。只要荤素搭配、经济实惠……差不多点点就行了。

点菜的次数越多，同事就越相信我。这种持续的正反馈，让我更相信自己比别人厉害，点菜的权力就更“不可侵犯”。

大家的态度，约等于怎么都行。

如果上来的菜不好吃，他们还可以怪在我头上。

不过等到第二天，他们还是希望我来做决定。

其实大多数人都不知道自己要什么，甚至不愿意自己做决定。

对此，弗洛姆有过总结：为了避免焦虑、不安和孤独，人们选择了逃避自由。

- 已经习惯了让别人替自己决定事情的人，总是懒得去想自己需要的是什么。
虽然，他们不时也会挑点儿无伤大雅的毛病，但无论好与坏，还是随大流更保险。

中西餐

你从外国来，你赞叹："中国人吃饭用圆桌，这是多么完美的发明！"

你说："西方聚餐，常用长条方桌，吃饭时一个人只能跟身边的少数人聊天。而圆桌呢，没有棱角，象征团结。客人们相互都能看见，可以相互轻松交谈。"

"可你知道吗？"我解释说，"圆桌同样是一种制约。饭局参与者难以躲藏，还总要对在座的所有人发言，而不是进行一对一讲话。"

中国餐桌上，人们要分享同一盘菜。大家嘴巴里的菌群相互渗透，难怪总在一起吃饭的人会越长越像。虽然这个想法被科学家否认了，但我总觉得，一群人唾液混合，会带来一定的集体主义效果。而分餐制呢，一个人独享自己的唾沫，似乎有助于养成独立精神。

另外，西餐配刀，每次切肉，都要积极搏斗一番。

中餐的菜品，大多被切开了，用筷子夹，动作轻巧、优雅。

不过，小时候，我去参加婚礼宴会，大家急着抢好菜，直接抓起大盘子，往自己的碗里扒拉。大家早忘了筷子是一种优雅的存在。

● 中西餐还有个区别，在于声音。
西餐厅近于鸦雀无声。中餐馆则声音叠加，嘈杂喧腾。
喜爱西餐者，讨厌中餐馆里的闹，喜爱中餐者，受不了西餐厅里的静。
萝卜白菜，各有所爱，我更喜欢西餐厅里的静。

沙丁鱼

在运输中，为了防止沙丁鱼死亡，挪威人想出办法：在水箱里放进一条鲶鱼。

沙丁鱼为了避免被鲶鱼吃掉，会四处逃窜，避免了窒息死亡。

人们总说“鲶鱼效应”，却没细想：生机勃勃的热闹场面，都是天敌激发出来的啊！

恐怖，带来了活力。

沙丁鱼也真的可怜。为了吃它们的人，吃起来口感更好，不断逃跑，保证新鲜。

人力资源的秘诀也差不多。他们专门将一些“鲶鱼型”人才放进办公室。

让公司里的人保持危机感，大家不断竞争，创造价值。

让人在被充分消耗掉之前，都保持活力，保持新鲜。

人只有害怕、担心，才会保持新鲜。

我没啥活力，因为懒惰，所以不操心。

你要吃我？那就来吃好了。

由于无争无比，难以调动，我早早就被老板淘汰了。

- 在一个群体里，管理者只需宣布“末位淘汰”之制，不时地把身处末位者捡拾出来，就可使这把戏循环往复地进行下去，从而使这个群体获得无穷的活力。

选择肥鸡

这个测试提供了两种选择：肥鸡与瘦鸡。

工作人员告诉第一组参与者：肥鸡自然散养，更健康，但不好吃；瘦鸡经过基因培育，不健康，但很好吃。第二组被告知：肥鸡经过了基因改造，好吃，但是不健康；而瘦鸡是散养的，不好吃，但健康。最后，测试主持人问所有参与者："你会选择吃哪只呢？"

大多数参与者都选择了肥鸡，却给出了不同的解释。

第一组："我选肥鸡，因为健康比味道更重要。"

第二组："我选肥鸡，因为味道比健康更重要。"

人们明明还是倾向于肥鸡嘛。

先做出了选择，再根据结果编织合理的理由。

大家的解释还都那么振振有词。

- 理想与现实、长远与当下，当实惠就在眼前时，一般人肯定不会想得太远。

猪与猪肉

单独的一块猪肉，似乎也跟猪没关系。如果把肉剁成肉馅，猪肉就更抽象了。

但好歹，中文的“猪”和“猪肉”，还有点关系。

英文呢，pork（猪肉）来自 pig（猪），需要学习一下，才知道两者的关系。

我在想，如果“鸡蛋”不叫作“鸡蛋”的话，人们也很快会忘记：鸡蛋是鸡生出来的。有个小朋友就曾跟我宣布:“鸡蛋当然来自超市。”

小朋友的发现是有道理的。他没见过母鸡生蛋啊。

高级超市里，土豆太干净了，很难想象，土豆来自泥土。

蔬菜没有根，也不会挂着土。它们甚至被洗干净、切好了，装在专门的消毒塑料袋里。

对城里人来说，肉、蛋、菜，都来自遥远的地方。其实，这些食物的产地也许仅仅在几十公里之外的郊区，但文明社会隔离了泥土、猪圈和鸡窝。

文明就是遮蔽。除此之外，屠宰场、垃圾站，都被藏得很好。

我们的文明正在变得纯粹。

比如，人造牛肉，已经在培养皿里诞生了，牛正在变成多余的。

以后，也许牛肉的提法，只是一种怀旧。

无论牛肉，还是猪肉，都会变成不同的感性风格，仅仅看起来、吃起来不一样。至于它们是从哪里来的，不再重要。

- 现代社会为我们提供了干净的步道、不许踩踏的草地，以及那些化学合成的各种“美味”。这一切正在使我们与大自然渐行渐远，使我们与自然的亲密接触成为一种怀旧。

语言的天堂

赫塔·米勒提到过，在罗马尼亚语中，上颚被称为“嘴的天空”。

我忍不住舌尖向上，舔舐潮湿的上颚，那里是我的天空。

想起前一阵，我去四川馆子，吃了叫作“猪天梯”的卤菜。猪天梯，即猪的上颚软骨，整体外形像一架梯子。另一些地方称之为“猪天堂”。

天堂哦，比天空更高远。

我咬下去，嚼起来很脆。一个天堂，就这样碎了。

一只猪的意见，曾在此处升起。

混合了咀嚼、唾液，回响着惬意或痛苦的哼哼声。

白天或夜晚，人们也发表意见，表达情绪。

人的嘴巴并不比猪复杂。人们制造出各种词句、笑声、叹息，以及嘟囔声，一直在这片天空下回响。

如果一直向上汇聚，想必那里就是语言的天堂。

● 猪只会用语意不清的哼哼声和呼噜声表达意思，我却觉得必有其过人之处。

狗很诚实

波德莱尔写过一则小故事：主人给狗闻最高级的香水，狗却惊慌地狂吠，跑开了。

“如果给狗一包粪便呢，它肯定喜欢。”

波德莱尔显然在讽刺，有些人配不上好东西，再好的香水也是浪费。

可是我觉得狗很好啊。

至少它很坦率。狗不喜欢，也不会假装。

人呢，对香喷喷的高级货，看不懂，吃得不对味，也不会轻易发表感想。

在高级餐厅，就连端上来的洗手水，我都想喝下去，毕竟盛水的小盆子很漂亮。如果吃了什么不好的，我也要责怪自己的舌头不够灵敏，配不上高级饭菜。

我在想，如果我是一只狗，是不是会掩盖自己的天性呢？

这还真不好说。

- 对人类来说，直言不讳未必就好。
即使真的不好，看破不说破，可能
是更好的选择。

厨房

我将厨房视为幸福生活的中枢，温馨的庇护所。厨房存储了食物原料，并可将原料进行转化。我说，家人们在厨房相聚交流，获得营养与温存。

而对你而言，厨房是无奈之地。从早到晚，厨房里有干不完的活儿，总是黏糊糊的。锅碗瓢盆，家长里短，仿佛现实的泥潭，没完没了的“劳役”，困住了你远行的脚步。

“是谁来自山川湖海，却囿于昼夜厨房与爱。”

你说，现在就连十几岁的孩子也在引用这句歌词。这说明，大家要从厨房出走（也可能从来进过厨房）。这是我们的独立宣言。

这一句，将厨房与爱并置，是一种有意味的修辞。它们的相似性在于，两者都提供了一种纽带。

炒一盘菜，做一碗面，与建立一段亲密关系，都是通过创造性过程，建立起有质感、有温度的连接。但同时，厨房与爱，也都是通过美味、美感，将我们捆绑在此地。

也许，你是对的。饭与爱，滋养你的一切，也在控制你。

话虽如此，但你还是想摆脱束缚，走出去。

当摆你脱了纽带去寻求自由，当你无拘无束地漫游，你又在发来的信息中怀念着过去的束缚。

你说：“我爱我们的厨房。”

● 泰戈尔在一句诗里说过：“鸟儿愿为云，云儿愿为鸟。”
浪迹天涯的游子对家中昏黄灯光下的一碗热汤面，也会怀有深刻的向往。

冰箱

食物更容易在冰箱中变质，而不是在常温的空间里。

一旦食品放进了冰箱，我就认为它们可以一直保存下去。

这样一个明亮的柜子，定期发出一阵轰鸣，提供可信赖的低温。

冰箱的工作从不间歇，那么高效，且不动声色。如此一来，我也就将存放其中的物品遗忘了。

比如，在冰箱里的某个角落，我发现了一块发霉的姜，这让我感到意外，

就像在永恒王国发现了一个短暂的例外。在永恒国，也有保质期吗？

前两天，在冷冻抽屉里，我从沉积的冰层深处发现了一块冻肉。

我努力掏出这块古老的肉，整个过程有些像考古发掘。

我拿起肉，打量了半天，努力回忆：此乃何方神圣？

追根溯源，总之以前它是一种动物。

- 知识，常常被储存在头脑的“冰箱”里，因长久不用而“过期”，变成无用的累赘。

  只有在使用过程中，知识才能不断更新，避免“老化”，产生新的创造力。

高压锅

高压锅的特色是封闭性。
热的蒸汽憋在里边，劲儿挺大的。
蒸汽的嘶嘶声和水的咕嘟声，引发了我的紧张感。

加热时，
我一直避免靠太近。
它脾气不太好，
好像怒气冲冲的。

压抑是高压锅的秘密。
只在实在受不了的时候，
它才吹着口哨，放一些气出来。

高压锅有自我抑制的倾向，
因此，心灵内部的变化十分迅速。
高效率，以及自我规训，
让高压锅成为当代精神分析的优秀样本。

相比之下，
其他锅，如锅盖不严密，或者敞开锅盖的，
都太散漫了。
它们显然都不够现代。

- 我们的社会生活如同一个压力锅。虽然压力与能量成正比，但在过度的压力之下，若缺少一个合适的释放出口，就可能使压力变成祸患。

练习烹饪

我练习烹饪，是为了熟悉世界的运行规律。

首先，我要掌握材料。了解各种肉、鱼、蔬菜、调料的特性。烹饪还需要超越材料，熟悉所有材料叠加之后的效果。一种新味道的出现，甚至不需要发明新材料，只要删减或增加，就得到了新的排列组合。

其次，我得明白，菜肴乃烹调时间与顺序的结果。多几秒，少几秒，先放盐，还是先放醋，得到的结果大相径庭。

这世界的秘密也在于此：本质不是原材料的叠加，而是原材料的组合方式以及过程。

最后，烹饪对我来说是一种治疗手段。我得克服焦躁。急火不见得出来好味道。太慢的火，让食物失去了色泽和香味，蜕变成混合的渣滓。

由于以分享为目的，烹饪的人要从偏狭的自我中走出去，体验和判断饮食者的感受，试着找到微妙的平衡。我学习烹饪，并以此来反省自己的自以为是。

- 色彩调配与美食烧制的道理基本一致。做菜要先确定主要的味道；画画需要先设定一个主调，亮或暗，冷或暖，灰或艳。

  为了增加菜肴的层次感，要在主体味道之下添加其他味道。比如，在以咸味为主的情况下，稍微加点儿甜。同理，在鲜艳的画面上加入些许的灰，或在主体明亮的画面上增加沉稳的暗色，都会让一幅画精彩起来。

世界膨胀

世界上的膨胀是普遍的。

东西不多，价格低廉，只好加水进去。比如掺水的牛奶或兑水的酒。

味道寡淡了。

同样，人的经验被稀释了，回忆也被稀释了。

贫乏，像是人的收缩，但从另一个角度也是名不副实的膨胀。

自我膨胀。我在增大，在向外拓展，就像个充气的气球。

自我吃进空气。体积变大，雄心也变大。

宇宙膨胀？我没有太多感受。

更文艺的说法是：人们正在彼此远离，这就是宇宙膨胀的例证。

心灵的膨胀问题，难以计量。

人与人彼此远离，的确如此。

爱在变多，但只是以爱为名的复制、膨胀。

或者说，由于产量低，需求增加，爱也只好掺了水。

● 比起其他，更可怕的是，人际关系的膨胀。被掺水的爱，被掺水的慈善，被掺水的信仰，混成一个虚伪的世界。利益决定圈子，圈子决定关系。朋友越来越多，而心的距离却越来越远，看似亲密，实则是无边的冷漠。

自己的果树

齐格蒙特·鲍曼在谈乐观和悲观的时候，引用了葛兰西的说法：“短期来看，我是悲观主义者。长期来看，我是乐观主义者。”

与此相似的，是卓别林的话，“人生近看是悲剧，远看是喜剧”。

在惶惑的年代，重要的是考虑到时间的尺度，以及一点儿耐心。

马丁·路德·金说：“即使知道明天世界会毁灭，我还是会种我的苹果树。”

这很重要。任何一棵苹果树都包含了时间和空间，它的生长弥合了人类乐观和悲观的两分法。

重要的是一棵苹果树。

每个人都需要种自己的苹果树，哪怕它并不繁茂，或者只结出了丑苹果。

无论长成什么样，结出怎样的果子，毕竟那是我自己的苹果树。

● 乐观还是悲观，全由心生。
随便为自己种一棵植物，看着它一点点地长大，可远观，也可近瞧。
不见得非要栽苹果树，大白菜也成。

尝出味道

这菜好吃吗？这酒好喝吗？

你迟迟不肯回答，要等着其他人的反应才肯表态。

如果其他人赞许，你也说好吃；如果其他人摇头，你也皱眉。

问题的关键，不在于吃了什么，而在于你尝到了什么味道。

非得信赖行家的舌头或餐饮手册的推荐？

无论怎样昂贵的饭菜，若自己没感觉，吃下去的就都是空洞的，实在有些扫兴。

过有滋味的生活？

至少需要自己的舌头能尝到滋味。

归根结底，好吃或不好吃，一个人总有想法吧。

品尝味道，如此私人的体验。

如果无知无感，那么到最后还是无法欺骗自己。

你吃不出滋味，就没办法享受任何食物的香。

你和我都尝不出好坏，却在口若悬河，谈论着眼前的食物……

我们相视一笑，这实在是一种可悲啊。

- 美景要用自己的眼睛看，美味要用自己的口来尝，美好的声音要用自己的耳朵听，真理要用自己的脑袋想。
  好坏自辨，冷暖自知。
  唯此，才不枉在世上走一场。

后记

《人间食堂》的最初素材来自我的公众号“生活的发现”。我用这个账号更新一些短文，从日常现象出发，记录并发现“日常生活的奇迹”。与编辑商议确定主题后，我选取了与吃喝有关的 40 余篇，又新写了 110 篇。

写完之后，我将新出炉的文章陆续发给我爸，请他对我的文章进行点评。我爸的简短点评，是感想、解释，也是延展或联想。结合他的反馈，我反思自己表达的准确性，又做了一些修改。

我和我爸经常讨论生活和艺术，但基于我写的文字，如此密集的交流还是第一次。每篇文章，既是讨论的入口，也是分享的契机，让我们相互了解。这有些像我俩一起吃饭。共享饮食，也交流思想，让一顿饭有滋有味。

我和我爸，无论年龄、经历，还是性格、爱好，都差异很大。一个人的生活方式，影响了他看事物的视角，每种视角又是一种观看的方式。哪怕对一件小事，人与人的理解也不尽相同。如果每个人都有自己的一杯茶，那么，口味差异一定很大。

不过，这就是生活。人们的观念、看法，有时相似，有时发生碰撞。将理解上的差异呈现出来，这本身也是一种价值。我的文字有自己的表达，我爸从一个角度来点评，而读者也可以根据自己的角度和口味随意解读。

我将《人间食堂》称为“吃喝主题变奏曲”，因为本书包含的文章，短小精悍、文体灵活、不拘一格。以吃喝为灵感的原点，有叙述、描写，也有议论、抒情，写作没有一定之规，比较自由散漫。

希望大家读过本书后，都可以写写自己的“吃喝主题变奏曲”。通过观察、反思一个苹果、一碗饭、一杯茶，每个人都有机会通过小写作拓展日常生活。

我们还可以把自己写的文字与家人、朋友分享，让爸爸妈妈、爱人孩子点评一下。

每个人都可以写点儿什么。然后，我们坐下来谈一谈。有时候，我们会相互理解，有时候不会。

但无论如何，吃吃喝喝，写写谈谈，这样我们将度过充实而有趣的一天。